Klaus Schlesinger

Der Verdacht

Klaus Schlesinger

Der Verdacht

Eine Kleist-Novelle

Herausgegeben vom
Kleist-Museum, Frankfurt (Oder)

Mit Radierungen von Moritz Götze

Heinrich v. Kleist Museum

Quintus

Gefördert durch den Arbeitskreis selbständiger Kultur-Institute e. V. – AsKI aus Mitteln der Beauftragten der Bundesregierung für Kultur und Medien

Der Quintus-Verlag ist ein Imprint
des Verlages für Berlin-Brandenburg
www.quintus-verlag.de

2. Auflage 2019

Binzstraße 19, D–13189 Berlin

Umschlag: Ralph Gabriel, Berlin, unter Verwendung einer Radierung von Moritz Götze © VG Bild-Kunst, Bonn 2018
Alle Grafiken in diesem Band: Moritz Götze © VG Bild-Kunst, Bonn 2018
Satz und Gestaltung: Ralph Gabriel, Berlin
Druck und Bindung: Beltz Grafische Betriebe GmbH, Bad Langensalza

ISBN 978-3-947215-52-2

Inhalt

KLAUS SCHLESINGER
DER VERDACHT
Eine Kleist Novelle

Vorspruch

Erzählt werden soll die Geschichte eines Kriminalfalles, in dessen Verlauf ein Mann namens Felgentreu über einen Mann namens Kleist an die Grenzen seiner Existenz stößt.

Die Geschichte spielt im Jahre 1811 in Preußen, einem Land mit schwachem König und schwacher Ökonomie, und in einer Zeit zwischen zwei Kriegen und heftigen Auseinandersetzungen innenpolitischer wie außenpolitischer Natur. Napoleon hält halb Europa besetzt, sein Expansionshunger ist noch lange nicht gestillt. Dem europäischen Adel, den Völkern der besiegten Länder gilt er als Usurpator, aber er kommt über Europa mit einer Armee, die in einer Revolution geboren wurde und der europäischen Bourgeoisie mehr Errungenschaften beschert hat, als sie jemals zu erkämpfen imstande gewesen wäre.

Die preußische Administration unter Hardenberg betreibt eine Schaukelpolitik zwischen den großen Mächten, eine Politik vorsichtiger Reformen und konsequenter Bekämpfung jeglicher Opposition, ob von Seiten des märkischen Adels oder radikaler Nationalisten. Dennoch ist in den Jahren 1810/11 unter den nationalbewussten Kräften die Bereitschaft groß, sich im Bündnis mit Österreich und Russland gegen Napoleon zu stellen. Jeder erwartet den großen nationalen Krieg; stattdessen schließt der preußische König, um eine neuerliche Besetzung seines Landes zu vermeiden, mit Napoleon eine Allianz. Die politische Depression erreicht im Land einen Höhepunkt.

Zwei Jahre später beginnen jene Ereignisse, die in den Geschichtsbüchern als Befreiungskriege bezeichnet werden, in Wahrheit aber den größten deutschen Bürgerkrieg der neueren Zeit auslösten. Sie endeten mit der Niederlage Napoleons. In Preußen brachten sie den Sieg für die finsterste Reaktion, deren Herrschaftsanspruch jahrzehntelang unbestritten blieb.

Es ist ein strahlend kalter Novembertag, als die Kutsche vor einem idyllisch gelegenen Gasthaus in der Nähe von Potsdam hält. Zwei Personen mittleren Alters entsteigen ihr, ein Mann und eine Frau. Sie haben wenig Gepäck, ein kleines Felleisen, ein Täschchen.

Der Wirt, ein Mann Mitte fünfzig, empfängt sie an der Tür; ihm fällt nichts Besonderes an den beiden auf, vielleicht zwei Liebesleute, auf jeden Fall Herrschaften der besseren Kreise. Sie wollen zwei Zimmer mieten für eine Nacht, mindestens, und zwar die besten, im zweiten Stock. Der Herr scheint sich auszukennen hier, obgleich sich der Wirt seiner nicht erinnern kann. Er ruft seine junge Frau und den Hausdiener und ist froh, dass er um diese Jahreszeit Einnahmen hat.

Er lässt die Herrschaften in den zweiten Stock führen. Sie äußern ihre Zufriedenheit über die Räume, besonders die Frau, die in helle Entzückensrufe ausbricht, als sie aus dem Fenster sieht: So eine schöne Aussicht!

Der Wirt sagt, er wolle den Hausdiener nach oben schicken, damit er Feuer machen könne.

Der junge Herr nickt und sagt, es sei gut so.

Er steht im Zimmer und sieht sich um. Alles ist so wie damals, vor dreizehn, vierzehn Jahren: die Kommode, das Bett, die Uhr, die Stiche an der Wand.

Henriette wirft den Umhang ab und ordnet die Haare. Er geht zum Fenster und sieht hinaus und muss die Augen bis auf einen schmalen Spalt schließen: das spiegelnde Wasser des Sees, die laublosen Gerippe der Bäume, die storrigen Sträucher – alles wie entflammt, fast schmerzhaft für seine Augen, und er schließt sie und hört hart gebrüllte Kommandos, das Trampeln hunderter Füße, sieht sich den Gang zur Asservatenkammer hinunterlaufen, hört Kottwitzens nasale Lästereien: Der Herr Leutnant wolle also in Zukunft privatisieren, hört auch des Generals Stimme, die die Verletztheit und vielleicht auch die Verachtung nicht unterdrücken konnte. Das hätte er von ihm nicht erwartet, einem Kleist! Er sieht sich in dem Raum der Kaserne, in dem er den Revers unterschrieb, Verzicht auf alle Rechte, Verpflichtung, in keiner Macht Dienst zu treten, ein Vorgang, der allen anderen, die um ihn herumstanden, als ein ungeheurer Verzicht, ja als der Anfang von irgendeinem ungeheuer schimpflichen Ende vorgekommen sein muss, während es draußen brüllte und wieder still war und wieder brüllte, und das Trampeln der Stiefel, ein Menschenkoloss in Uniform, willenlos und dirigiert von einem schnapsstinkenden Exerziermeister. Ihm stieg das Blut in den Kopf und er setzte mit zitternder Hand seinen Namen unter den Revers, und sah sich bei Stimmings sitzen mit den Freunden und Bier trinken – oder war es Wein? Und hörte sich sagen: Frei, endlich frei!, und hatte dieses Gefühl von Weite und Hoffnung.

Jemand klopft. Er reißt sich vom Fenster los. Henriette ruft: Herein! und der Hausdiener tritt durch die Tür mit einem Korb und geht zum Kamin und macht Feuer.

Natürlich seien die beiden nicht verheiratet, sagt die junge Wirtin zu ihrem Mann. Das sehe sie doch.

Was immer sie sähe, sagt der Wirt mürrisch. Es sei doch gleich.

Da stecke was dahinter, bestimmt, sagt die Frau beharrlich. Eine Affaire.

Es seien Gäste!, sagt der Wirt. Und das genüge für sie.

Die Herrschaften kommen herunter; sie wollten spazieren gehen, sagen sie. Erkundigen sich nach Weg und Steg; der Wirt gibt freundlich Auskunft.

Die Wirtin, die die Krüge putzt, sieht hinter den beiden her, als die durch die Tür der Wirtsstube gehen.

Die Augen der Wirtin. Der alternde Wirt.

Er biegt die tiefstehenden Zweige zurück. Er hält ihr die Hand entgegen; beide springen über einen Wassergraben.

Ein taubengroßer Vogel fliegt mit kreischendem Schrei über sie hinweg.

Unten auf dem Weg ein uniformierter Mann. Er hält sie zurück, bis der Offizier verschwunden ist.

Sonst sei hier niemand um diese Jahreszeit, sagt er verwundert.

Sie laufen den Scheitel der Anhöhe entlang.

Hier ist es, sagt er.

Eine kleine Lichtung. Die Sonne steht tief.

Sie setzen sich nebeneinander ins Gras.

Er fragt, ob ihr dieser Ort recht sei.

Ihr sei jeder Ort recht, wenn er es so fände, antwortet sie.

Er schweigt.

Sie sagt: Sie liebe ihn wegen seiner Stärke. Sie habe diese Stärke so nötig. So bitter nötig.

Er sagt nicht, dass sie sich in seiner Stärke täusche. Er sagt nur: Ja. Vielleicht sei es das, was sie verbände: dass sie sich so nötig hätten.

Sie legt ihre Hand auf seinen Kopf. Er sitzt starr und erinnert sich der Geste seiner Mutter, wenn sie ihm die Hand auf den Kopf legte. Diese unnachahmlich sorgenvolle Geste. Später, als sie im Sarg lag, hat er nur auf ihre Hände gesehen, die nie mehr zu dieser unnachahmlich

sorgenvollen Geste fähig sein würden. Seither war er immer erstarrt, wenn ihm eine Frau die Hand auf den Kopf legte, ob seine Schwestern oder Tante Massow. Tante Massow! Ihre Hand auf seinem Kopf. DU WIRST NUN ZEIGEN MÜSSEN, DASS DU EIN MANN BIST, MEIN JUNGE! Liebe Tante, bitte nehmen Sie die Hand von meinem Kopf.

Es ist kalt, sagt Henriette und nimmt die Hand von seinem Kopf und zieht die Schultern hoch vor Kälte.

Die junge Wirtin bringt Wein und gießt ihn in die Gläser.

Sie essen bedächtig, genussvoll.

Ob die Herrschaften noch etwas wünschten?

Ja, sagt die Dame freundlich, sie erwarteten für den morgigen Abend zwei Herren, und man möge sich darauf vorbereiten. Und sie hätten gern noch Lichte auf ihr Zimmer gebracht und Schreibzeug.

Sie wolle es gern besorgen, sagt die junge Wirtin und räumt betont langsam Geschirr zusammen, aber die beiden stören sich nicht an ihrer Anwesenheit, und die Dame sagt: Sie würde es Vogeln gern ersparen, mein Gott, wie gern würde sie es ihm ersparen! Ob er das verstünde!?

Er sieht sie fest an und lächelt, und sie seufzt und lächelt auch und isst gedankenverloren weiter.

In der Nacht – der Wirt und seine Frau liegen im Bett – hört man die Schritte der beiden Gäste, die durch das Haus hallen. Sie seien im großen Zimmer, beide!, sagt die Wirtin beziehungsvoll.

Ob sie dem Riebisch gesagt habe, er solle Wache halten, fragt der Wirt verschlafen.

Ja, ja, sagt sie.

Was das für Zeiten seien, sagt der Wirt gähnend. Raub, Mord, man sei in seinen eigenen vier Wänden nicht sicher.

Es ist etwas Geheimnisvolles um die beiden, sagt die Wirtin und starrt gegen die Decke.

Wieso, sagt der Wirt.

Sie habe das im Gefühl, sagt die Wirtin. Sowas hat eine Frau im Gefühl.

Egal, sagt der Wirt und dreht sich zur Seite.

Er läuft durch das Zimmer, läuft von der Tür zum Fenster, vom Fenster zur Tür.

Henriette sitzt am Tisch und will schreiben, aber sie kaut nur an der Feder.

Beim Spazierengehen habe sie im Kopf ganze Bände geschrieben, aber jetzt –?, sagt sie. Sie wisse einfach nicht, was man von einem solchen Brief erwarte.

Was sie erwarten würde oder was sie glaube, was die anderen erwarteten, fragt er.

Man möchte den Erwartungen der anderen wohl schon entsprechen, sagt sie.

Ja, das ist der Fehler, sagt er und sieht Tante Massow und seine Geschwister und den Vormund um die Tafel versammelt, wie immer, wenn entscheidende Angelegenheiten der Familie zur Debatte standen, die sorgenvoll-befremdeten Gesichter: Wie er denn um Himmels willen sein Brot verdienen wolle mit der Wissenschaft, er solle sie sich doch ansehen, die Herren Professoren, ärmliche Hungerleider, die ihr Leben fristen mussten von den Honoraren der Bürgersöhne, achgottachgottachtgott! Das könne doch nicht sein Ernst sein!

Er, hochrot im Gesicht, und wie immer, wenn er aufgeregt war, rasten die Gedanken in seinem Kopf, und seine Rede kam nur schleppend hinterher: Er meine … er wolle … Ja, er meine es ernst …

Wissenschaft! Ein Kleist! Aber wenn es denn schon sein müsse, dann solle es wenigstens eine Brotwissenschaft sein. Er solle daran denken, dass er einmal eine Familie ernähren müsse, und auch an das Alter solle er denken! Sein Vermögen sei nicht groß! Also denk, denk, denk!

Er, ganz verstellt im Kopf, rot im Gesicht, schweigend.

Also dann die Kameralwissenschaft. Der König wolle die Wirtschaft im Lande auf die Beine bringen. Da könne man was werden! Oder die Jurisprudenz. Das sei vielseitiger. Da könne er in vielerlei Ämter schlüpfen! Ja, die Jurisprudenz.

Warum fragt ihn keiner, was *seine* Ziele waren? Warum war es aussichtslos, in die befremdet-sorgenvollen Gesichter das Wort Reine Mathematik oder Philosophie oder Drang nach Wissen um die Zusammenhänge zu sprechen? Erstarrt wären sie zu Stein! Und das Brot?!

Durch das Zimmer läuft er und läuft. Aber er läuft schon nicht mehr durch das Zimmer. Er läuft schon durch eine Ebene, die steinig ist und von einem fahlweißen Licht bedeckt, wie man es aus den Minuten vor einem Sommergewitter kennt. Steine, Steine. Mauern aus Steinen. Gesichter aus Steinen. Ruinen.

Er sah, wie seine Braut aus dem Fenster lehnte, sorgfältig gekämmtes Haar, sicherer Blick, während über ihrem Kopf der trockene Lehm aus den Fugen bröckelte, unaufhaltsam, und er hörte sich sagen: Was er suche, sei ein Mensch, dem man gänzlich vertrauen könne, und ob sie verstünde, wenn er sage: gänzlich!

Er sah sie nicken und antworten: Sie verstünde ihn wohl. Auch sie suche solch einen Menschen. Und er sagte: dass es dann wohl passen würde, wenn sie sich beide gänzlich vertrauen würden. Sagte: Ich heiße Heinrich. Ich heiße Wilhelmine, sagte sie. Da hörte er sich sagen, dass er sie liebe, und dass sie sein Herz habe und sein Leben. Sie antwortete nicht, sah ihn nur an mit ihrem prüfend sicheren Blick, und je länger sie schwieg, desto heftiger wurde sein Wunsch, sich ihr zu öffnen, und er sagte: Ich komme herein!, aber da war sie vom Fenster verschwunden.

Er lief um das brüchige Haus herum, fand eine verrostete Tür, lief durch dunkle, leere Zimmer, zerbrochene Möbelstücke, alles türenlos, lief eine Treppe hinauf, die hinter ihm zusammenstürzte, sah sie plötzlich unten stehen und lächeln und rief: Wilhelmine! Ich suche dich! Aber sie lächelte und verschwand wieder und er sprang über das Geländer auf die Erde, landete weich und saß dann auf einem Sofa neben ihr. Sie hatte die Hände im Schoß gefaltet und sagte: Ja, mein Herr, Vater würde sich dareinschicken, wenn Sie ein Amt bekämen! Und er sah sich nicken und hörte sich sagen: Er würde sich schon bilden für ein Amt.

Sie sagte, sie habe alles nachgerechnet, sein kleines Vermögen reiche fürs Erste, aber nicht so lange, dass sie davon leben könnten, aber wenn sie es mit seinen Einkünften aus dem Amt strecken könnten, würden sie schon ruhig leben können, auch mit Kindern; sie selbst sei ja bescheiden erzogen und könne sich dreinschicken …

Ja, Wilhelmine, sagte er heftig, das ist schon alles sehr wichtig, aber die Hauptsache ist doch, dass ich dich liebe und dass du mich liebst.

Ich will Ihnen immer eine treue Frau sein und will es mir zur schönen Pflicht machen, ganz für Sie zu leben, sagte sie und nickte.

Ich will dich bilden, sagte er, wie ich nur kann, ich werde den Glauben an die Tugend bei dir stärken, dass wir immer helfen dem Nächsten, der es bedarf, mit Wohlwollen und Güte.

Ja, sagte sie ergeben, fürs Erste können wir bei der Familie wohnen, wir hätten vieles, was wir nicht erst anzuschaffen brauchten, es wäre ökonomisch.

Ja, sagte er, wir werden uns vertrauen, und wenn wir uns vertrauen, werden wir frei sein für alles.

Ja, sagte sie, was willst du lieber, einen Buben oder ein Mädchen? Ich will einen Buben, Mädchen haben es schwerer in der heutigen Zeit. Am besten ist es, wenn wir drei Kinder hätten, zwei Buben und ein Mädchen. Die Buben könnten es beschützen.

Ja, Wilhelmine, sagte er, es ist kein schmerzlicherer Zustand, als ohne Ziel zu sein. Man muss ein Ziel suchen. Wir beide müssen ein Ziel suchen, du und ich. Versteh mich nicht falsch, Wilhelmine! Ich weiß, dass du mich falsch verstehen wirst. Wilhelmine, lass mich reisen.

Er sagte, lass mich reisen, und war schon aufgestanden vom Sofa und ging durch die leeren Räume, ohne sich umzusehen, hinaus aus dem Tor, das jetzt heil in den Angeln hing, vor sich eine Höhe mit weiten grünen Wiesen und schwarzen flirrenden Wäldern und dahinter die grauen schwachen Umrisse eines hohen Gebirges, über das sich ein Himmel spannte, der hell war und klar.

Morgens, ganz früh, wird der Boden geputzt in der Gaststube, das Dienstmädchen kniet auf dem Boden und scheuert, die Wirtsleute sind auch schon auf den Beinen. Abwechselnd kommen der Herr und die Dame herunter und verlangen Kaffee und Bouillon. Dann ist wieder Ruhe.

Später geht die Tür auf, ein Herr kommt herein, offenbar einer von der Potsdamer Garnison, bunte Uniform und ein Lächeln im Gesicht, dass die Wirtsfrau die breite Narbe beinahe übersehen hätte, so empfänglich ist sie für solch eine Art Lächeln: Was der Herr wünsche, bitte sehr.

Man kommt ins Gespräch über das Wetter, über das Geschäft, über die Herren Offiziere und ihr lustiges

Leben, mit Augenzwinkern und Blickesenken, dann über Gäste im Allgemeinen und dann über die beiden.

So, sie hätten Gäste um diese Jahreszeit?

Und was für welche! Da steckt sich was dahinter!

Soso!

Zuerst habe sie gedacht, es seien zwei Liebesleute, aber die beiden seien die ganz Nacht aufgeblieben. Man habe ihre Schritte durchs ganze Haus gehört. Sie habe kaum schlafen können. Und gegen Morgen sei die Dame heruntergekommen und habe Kaffee verlangt, da sei sie noch ganz angekleidet gewesen … Da stecke etwas dahinter! Sie erwarteten auch zwei Herren!

Soso, zwei Herren?

Die Wirtin plaudert und lässt sich komplimentieren. Der Wirt geht mit finsterem Gesicht durch die Gaststube und blickt misstrauisch auf seine junge Frau, die wieder ganz geschäftig tut, und den Offizier.

Da steht dieser Offizier plötzlich auf und hat es sehr eilig. Er schaue noch einmal vorbei, sagt er zu der jungen Frau und zwinkert und lächelt, während oben Schritte zu vernehmen sind und Stimmen.

Die beiden Herrschaften scheinen recht fröhlich. Sie setzen sich in die Gaststube. Der Wirt geht an ihren Tisch. Sie fragen ihn über die Gegend aus und wie sie zur Pfaueninsel kämen und ob es weit sei, fragen ihn noch dies und das und dann, ob sie einen Boten haben könnten nach Berlin, es sei dringend.

Der Wirt verspricht ihnen einen Boten, obgleich es immer schwierig ist, um diese Jahreszeit jemanden zu finden, und nimmt einen Brief in Empfang.

Dann gehen die beiden hinaus, die junge Wirtin nimmt ihrem Mann den Brief aus der Hand, liest die Adresse, wiegt ihn in der Hand, riecht sogar daran, zuckt mit den Schultern, polkt schon am Siegel, da wird der Herr Stimming ärgerlich und flucht über die verdammte

Neugier der Weibsbilder und nimmt ihr den Brief wieder weg, und die junge Wirtin dreht sich beleidigt um, sieht aus dem Fenster nach wer weiß wem, aber da ist niemand außer dem Pärchen, das offenbar Scherz treibt: Der Herr springt über die abgedeckte Kegelbahn, und an seinen Gesten sieht man, dass er die Dame auffordert, ein Gleiches zu tun, aber sie winkt lachend ab. Da greift er ihre Hand und zieht sie mit sich, und sie rennen beide, immer weiter und weiter, und die junge Wirtin dreht sich herum und sieht ihren Mann hart und kalt an.

Dann steht sie in der Küche und wäscht Geschirr, und dann steht plötzlich in der Tür zum Hof dieser Offizier und lächelt, und sie stößt einen kleinen Überraschungsschrei aus, aber sie ist gar nicht überrascht.

Er läuft den Waldweg hinunter, neben ihm Henriette.

Wieder sieht er sich durch eine Landschaft gehen, die ihm ganz nah war, obgleich er sie vorher nie gesehen hatte. Der Himmel war, wie alles, was er umspannte, schwarz, und der kalte Glanz, der die steinernen Umrisse der toten Häuser umgab, kam aus einer Quelle, die nicht sichtbar war.

Aus einem Gestrüpp hörte er Lachen. Er zwang sich durch dornige Sträucher, die ihm die Hände blutig rissen, bis er in einem überwucherten Garten auf Leben stieß: eine festliche Gesellschaft, die an Tischen saß oder unter Bäumen in stummem Tanz sich drehte.

Er war nicht erstaunt, als er Wilhelminen vor sich sah. Sie hatte um das Haar einen Kranz aus Edelsteinen und war gekleidet wie bei einem Ball, und ihre Augen blickten suchend in die Runde.

Er sagte: Es ist gut, dass ich dich gefunden habe.

Sie sagte: Ich habe Angst.

Wovor hast du Angst, rief er, wenn ich bei dir bin.

Selbst wenn du bei mir bist, sagte sie, bist du so weit weg.

Ich stehe doch hier, sagte er, dein Glück ist mir so teuer wie meines.

Menschen schoben sich zwischen sie, eine Kette tanzender Menschen mit maskenhaft lachenden Gesichtern, Wilhelmine wurde mitgerissen, er wollte hinterherlaufen, wurde aber gestoßen, fiel zu Boden, und als er sich aufrichtete, sah er Wilhelminens Kleid irgendwo zwischen den Bäumen verschwinden.

Er lief ihr nach, rief ihren Namen, jemand griff ihn am Arm, und er fand sich an einer Tafel wieder. Der König saß da und sah ungnädig an ihm vorbei, und der Kronprinz reichte ihm freundlich ein Glas und sagte, er solle nicht so empfindlich sein, er habe Majestät eben gekränkt. Aber womit habe er ihn gekränkt, fragte er, und der Kronprinz sagte lächelnd, er habe Majestäts Erwartungen auf das Höchste enttäuscht! Ein Kleist! Man wisse doch um die Treue der Kleisten! Und nun sei er eben gereizt!

Es ginge doch gar nicht um Treue, sagte er beharrlich, er wolle seinem König wohl ergeben sein, wenn nur der König seinem Vaterland genauso ergeben wäre wie er seinem König, würde alles in beste Ordnung kommen!

Papa ist ein Zauderer, sagte der Kronprinz und hob sein Glas.

Er fragte: Haben Sie meine Braut gesehen?, und als alle lachten und der König noch immer ungnädig an ihm vorbeiblickte, lief er weiter.

An einem Baum lehnte seine Schwester Ulrike. Er fiel ihr um den Hals und sagte: Der König ist ungnädig mit mir!

Heinrich, sagte sie erschrocken, du bist politisch auffällig geworden. Sieh dich vor!

Mach dir keine Sorgen, sagte er, mir möchte es nicht

schwer werden, einen anderen König zu finden, ihm aber, sich andere Untertanen zu suchen.

Ach, Heinrich, sagte sie und schlug die Hände vors Gesicht.

Ich muss Wilhelmine suchen, ich komme zum Essen, rief er und wollte weiterlaufen, fand sich aber plötzlich in jener Kette tanzender Menschen wieder, Hände umklammerten seine Gelenke mit festem Griff, er wurde mitgezogen, stolperte über steinige Wege, taumelte durch dichte Hecken, konnte sich schließlich irgendwann losreißen, atemlos und schweißgetränkt, fiel auf einen Stuhl, saß an einem Tisch inmitten seiner Familie, seine Schwestern waren da, seine Brüder, auch Tante Massow.

Ich bin froh, dass ich euch gefunden habe, rief er. Erst als ihm niemand antwortete, sah er, dass sie mit Kartenspielen beschäftigt waren. Ihre Gesichter waren geschwärzt, ihre Mienen ernst. Jemand – er glaubte, es war sein Bruder Leopold –, schob ihm ein Kartenblatt in die Hand. Tante Massow warf mit einem Schwung eine Karte auf den Tisch, und die anderen riefen: Oh! und starrten auf die Karte, die Tante Massow geworfen hatte, und dann auf die Karten, die sie in der Hand hielten.

Gestattet, dass ich euch unterbreche, sagte er, aber ich bin seit Tagen unterwegs, nur um euch zu sehen, und jetzt bin ich hungrig.

Er will schon wieder Geld, sagte eine seiner jüngeren Schwestern und warf eine Karte.

Oh! riefen die anderen.

Er ist sich einfach zu schade dazu, sein Brot zu verdienen. Alle verdienen ihr Brot, aber er ist sich einfach zu schade dazu, sagte Tante Massow.

Ich habe ihn gesehen, sagte sein Bruder. Er dichtet, aber er ist gänzlich verloren.

Erst jetzt merkte er, dass sie über ihn sprachen.

Dichten, rief Tante Massow verächtlich. Er ist ein ganz

nichtsnutziges Glied der Gesellschaft. Ohne Scham und ohne Gedanken an seine Familie.

Ulrike schluchzte.

Ulrike, rief er. Du bist der einzige Mensch, den ich habe!

Soll das denn ein Leben lang so weitergehen?, sagte Ulrike unter Tränen. Ich kann einfach nicht mehr.

Nichtsnutzig, rief Tante Massow. Das hätte seine selige Mutter erleben sollen.

Dann sah er Wilhelmine. Sie saß ihm gegenüber und sah auf ihre Karten und zählte halblaut die Augen.

Wilhelmine, sagte er, lass uns doch fortgehen. Ich pfeife auf den Stand, sagte er, ich will mich aufs Land einkaufen und Bauer werden. Ich will den Adel abwerfen. Wenn wir uns bescheiden, wird es ausreichen.

Bube geht über Dame, König geht über Bube! Oder geht Bube über König und Dame über Bube?, fragte Wilhelmine.

Wilhelmine, sagte er, ich tauge nicht für ein Amt. Aber ich bin dir doch wert und was kann es mehr geben, als wenn wir uns lieben!

Spiel aus, sagte sein Bruder, wir warten auf dich.

Was soll ich ausspielen?, fragte er verwirrt.

Wir warten auf deine Karte!

Jetzt sahen ihn alle an. Er sah, dass alle ihre Karten geworfen hatten und blickte auf sein Blatt und wusste, er musste jetzt ausspielen.

Was ist denn Trumpf?, fragte er.

Die anderen brachen in Lachen aus.

Der Kronprinz war freundlich zu mir, rief er. Ich werde mich in den Dienst des Königs stellen.

Der König!, rief Tante Massow unter Lachen.

Mein Vaterland braucht jeden Mann, rief er. Es wird Krieg ausbrechen gegen die Franzosen innerhalb von vier Wochen. Ich lege meinem König mein Leben zu Füßen.

Wovon will er die Equipage bezahlen?, rief Tante Massow und bog sich förmlich vor Lachen.

Es gibt keinen Krieg, sagte sein Bruder. Der König hat eine Allianz geschlossen. Aber spiel endlich aus.

Aber ich kann kein Spiel spielen, wenn ich nicht weiß, was Trumpf ist!, rief er verzweifelt.

Wer soll denn heutzutage wissen, was Trumpf ist. Das ist ja das Spiel, sagte sein Bruder.

Geht neun vor zehn oder sieben vor acht?, fragte Wilhelmine ratlos.

Ich spiele nicht mit!, rief er und warf die Karten auf den Tisch.

Als seine Karten auf dem Tisch lagen, starrten alle darauf und jubelten und griffen danach. Nur Ulrike saß da und weinte und sagte: Er hat verloren. Mein liebster Bruder hat verloren.

Dann läuteten von irgendwoher Glocken. Alle standen auf und blickten ehrfürchtig in die Ferne.

Die beiden Herrschaften sieht die junge Wirtin erst am Nachmittag wieder. Wann denn der Bote in Berlin sei, fragt der junge Herr. Der Wirt sagt, zwischen drei und vier könne er dort eintreffen. – Und was jetzt die Uhr sei, fragt die Frau. Und der Wirt antwortet, na, so halb auf vier.

Da nicken sich die beiden wie im Einverständnis zu und gehen hinaus und sagen noch, sie wollten Kaffee haben, und man möchte ihn ihnen hinterhertragen. Die junge Wirtin mokiert sich noch: Bei so einer Kälte wollten sie draußen Kaffee trinken. Was die Herrschaften so alles für Launen hätten, aber sie schickt die alte Hausdienerin mit dem Kaffee hinaus. Die aber kommt gleich wieder und sagt, die Herrschaften wollten auch einen Tisch und zwei Stühle, und ob das denn recht sei.

Die Wirtin schüttelt den Kopf, der Wirt aber sagt, sie solle den Wunsch der Gäste erfüllen.

Die junge Wirtin sieht aus dem Fenster, die alte Frau Riebisch und ihr Mann, der Hausdiener, schleppen den Tisch und zwei Stühle die Anhöhe hinauf, verschwinden aus ihrem Blick, auch die Fremden sind nicht mehr zu sehen, aber sie bleibt stehen und sieht hinaus, als ob sie auf etwas wartet, vielleicht auf den Offizier, aber der ist nicht zu sehen; einmal kommt noch die Frau Riebisch zurück, holt irgendwas, die junge Wirtin glaubt, einen Bleistift, die alte Frau geht wieder zurück, ganz langsam entschwindet sie dem Blick der jungen Wirtin, die in die öde laublose Landschaft starrt, enttäuscht und fast ohne Hoffnung, sich dann umdreht, um sich ihren alltäglichen Beschäftigungen zuzuwenden, irgendwo ein Knall, wenig später ein zweiter, dann ein keifendes Schreien, dessen Inhalt die junge Wirtin nicht versteht, unwillig geht sie zum Hof und fragt, was denn geschehen sei: Da steht die alte Frau Riebisch, fassungslos und tränenüberströmt und sagt: Die Herrschaften … Der Herrgott steh ihr bei … die Herrschaften …

Nun solle sie schon reden, was mit den Herrschaften sei!, schreit die Wirtin.

Erschossen, sagt die Frau Riebisch schluchzend und fassungslos, beide erschossen …

Die junge Wirtin rennt hinaus, den Weg entlang, die Anhöhe hinauf, bleibt stehen vor einer kleinen Grube, da liegen die beiden, liegen so da, wie wenn sie schlafen, aber sie weiß, sie sind tot, und es sind ihre ersten Toten, die sie sieht, und eben waren sie noch so fröhlich beieinander, und sie sieht den Tisch und die Stühle, sie sieht die leeren Tassen und Kännchen und dann die Pistolen, die da neben den beiden liegen, und sie greift instinktiv nach der einen, der Riebisch ist auch da, und sie dreht die Pistole verständnislos und fassungslos herum, und dann

sagt eine Stimme: Sie solle sich vorsehen, das Ding sei geladen, und sie blickt sich um und sieht den Offizier mit der Narbe, der neben ihr steht wie aus dem Boden gewachsen. Diesmal lächelt er nicht.

Am nächsten Tag ist der Himmel immer noch strahlend blau, aber es ist ein Wind aufgekommen, der die Kälte schneidend macht. Da stehen sie um die Grube: Felgentreu, der junge von Korff, der Schreiber Belau und der Wirt.

Felgentreu geht um die Vertiefung herum, registriert die Stellung der Toten und andere Details: Ein Fuß Tiefe, drei Fuß im Durchmesser, sagte er, und Belau schreibt, indem er die Angaben leise vor sich hin spricht.

Ob jemand die Toten bewegt habe, fragt Felgentreu den Wirt, der gleich mit dem Kopf schüttelt, dann aber ins Stottern gerät: Ja, doch ... der Tagelöhner ... der Riebisch habe die Mannsperson in eine andere Stellung gebracht ...

Wieso?

Ja ... das wisse er nicht ... Er sei ja nicht dabei gewesen, sagt der Wirt stotternd und zittert vor Kälte.

Und er kenne die Personen nicht?

Diesmal schüttelt der Wirt energischer den Kopf: Nein, nein, bestimmt nicht. Er habe sie gestern zum ersten Mal gesehen ...

Felgentreu fixiert ihn scharf, aber der Wirt hält seinem Blick stand, zittert nur immer so: vielleicht auch vor Angst?

Was dann gewesen sei, als sie die Leichen entdeckt hätten?

Nun, sagt der Wirt, gegen Abend seien die beiden Herren gekommen. Der Ehemann der Dame und der Freund ...

Einfach so? Aus heiterem Himmel?, fragt Felgentreu.

Es sei ja ein Brief geschrieben worden von den beiden. Deshalb seien sie ja auch gekommen …

Und wo seien die beiden jetzt?

Nun, sagt der Wirt, die beiden hätten bei ihnen genächtigt, früh sei dann der Ehemann wieder in die Stadt gefahren, der Freund habe sich aber hier zu Verfügung gehalten. Er sei drüben, in der Gaststube …

Gut, sagt Felgentreu, der sieht, dass hier vorerst nichts mehr zu machen ist. Gehen wir!

Die Wirtin wäscht Gläser, die beiden Tagelöhner stehen verlegen in der Nähe der Tür, der alte Mann dreht die Mütze in der Hand, die alte Frau wischt sich dauernd die Augen. Der kleine, etwas pikiert aussehende Herr besteht darauf, als erster vernommen zu werden.

Er müsse noch weg, sagt er, wegen der Särge. Er habe dafür zu sorgen, dass die teuren Verblichenen noch heute unter die Erde kommen.

Ist Sternemann noch nicht eingetroffen?, fragt Felgentreu den jungen von Korff, der den Kopf schüttelt.

Dann müsse er ohnehin erst die Obduktion abwarten, sagt Felgentreu zu diesem pikierten Herrn. Danach entscheide er, Felgentreu, ob die Leichen zur Beerdigung freigegeben würden.

Dennoch müsse er für die Särge sorgen, sagt der kleine Mann beharrlich. Und für den Pfarrer. Die kirchliche Beerdigung solle in einer Woche nachgeholt werden.

Also, sagt Felgentreu und lädt den pikierten Herrn zum Sitzen ein.

Er sei der Kriegsrat Peguilhen, sagt der Mann, ein Freund der teuren Verblichenen, wenn er sich so ausdrücken dürfe, wenngleich er auch mehr mit der Dame befreundet gewesen sei als mit dem Herrn, und noch mehr mit dem Gatten der Dame als mit ihr.

Mit dem Gatten?

Jawohl. Aber er möchte gleich bemerken …

Felgentreu unterbricht ihn.

Also, der Herr Kriegsrat kenne die beiden?

Jawohl. Es handle sich bei dem Herrn um den ehemaligen Leutnant und früheren Herausgeber der Berliner Abendblätter, Herrn Heinrich von Kleist und bei der Dame um die Gattin des Rendanten Vogel, seines Freundes, die Madame Henriette Vogel.

Wie er, Peguilhen, hierher gekommen sei?

Er habe gestern Nachmittag durch einen Boten einen Brief erhalten, in dem die beiden Verblichenen ihn um seine Hilfe baten. Sie lägen in einem sehr unbeholfenen Zustand, nämlich erschossen da, hätten sie geschrieben und …

Sei das nicht eine merkwürdige Art Humor, fragt Felgentreu dazwischen.

Er wage kein Urteil darüber zu fällen, sagt der Mann pikiert und reicht Felgentreu den Brief: Der überfliegt ihn.

Weiter bitte, sagt er dann.

Er habe den Gatten der Verblichenen benachrichtigt. Man sei herausgefahren, habe das Schreckliche durch den Mund des Wirtes erfahren. Er habe den Rendanten, wegen der späten Stunde, überredet, die Nacht hierzubleiben. Früh sei dieser dann nach Berlin gefahren. Er, Peguilhen, habe auch die Habe der beiden an sich genommen, ebenso die beiden Waffen – er habe alles mit dem Herrn Rendanten nach Berlin gebracht.

Die Waffen seien Beweisstücke, sagt Felgentreu und: Er brauche sie unbedingt.

Beweisstücke?, fragt der kleine Herr. Wozu? Die Terzerols seien seit mehr als zwanzig Jahren im Besitz des Herrn Rendanten, und wozu brauche man bei diesem Freitod denn Beweisstücke?

Er glaube also mit Bestimmtheit, die beiden hätten sich selbst erschossen?

Der kleine Herr macht ein Gesicht, als würde gar nichts anderes infrage kommen.

Gut, sagt Felgentreu, dann möchte er wissen, welchen Grund die beiden gehabt hätten?

Das sei etwas sehr Trauriges, sagt der kleine Herr bedrückt, die Frau habe schon lange ans Sterben gedacht, sei eine melancholische Person gewesen, voll schwärmerischer Religiosität, und habe der Glückseligkeit eines Lebens nach dem Tode angehangen …

So, sagt Felgentreu, und der Herr?

Es sei wohl eine Art Geistesverwandtschaft zwischen beiden gewesen, eine Art seelisches Band, in dem auch der von Kleist befallen war von der Idee. Für ihn, Peguilhen, sei es nicht überraschend gewesen, wenn ihn auch die Tatsache, dass es tatsächlich vollzogen wurde, schwer getroffen habe.

Ein geistiges Band, sagt Felgentreu, eine Spur Ironie in seiner Stimme. Was denn der Ehemann zu diesem geistigen Band gesagt habe.

Der Kriegsrat ist empört.

Was der Herr Richter glaube! Hier habe man es mit geistig hochstehenden, aufgeklärten Menschen zu tun, die ohne derartige Vorurteile seien.

Kopfschütteln, Abweisung, pikiertes Gesicht.

Nun, sagt Felgentreu gelassen, er müsse alle Möglichkeiten in Betracht ziehen. Aber fürs Erste sei es genug.

Ob er nun gehen könne, fragt der kleine Mann beleidigt.

Felgentreu nickt.

Belau schreibt, der junge von Korff hört aufmerksam zu, Felgentreu stellt Fragen. Vier Personen hat er noch

vor sich, er geht Schritt für Schritt vor, genauestens, aber irgendwie ist er doch nicht bei der Sache. Er hat die Wirtin vor sich, dann den Tagelöhner und seine Frau, die Aussagen stimmen alle irgendwie überein, im Prinzip jedenfalls, es scheint alles klar zu sein, mitten in einem Satz spürt er den Schmerz im Magen, er registriert die Antwort nicht und lässt sich von Belau noch einmal vorlesen:

Die beiden Verblichenen hätten gelacht und gescherzt.

Wann?, fragt Felgentreu die alte Frau Riebisch.

Bevor sie weggegangen sei, sagt die alte Frau, noch immer beeindruckt. Das sei es ja gerade! Deshalb sei sie ja so erschrocken gewesen!

Schön, sagt Felgentreu und wendet sich an den Tagelöhner.

Aber warum habe er die Lage des Toten verändert.

Das habe er doch schon gesagt, sagt der Riebisch.

Dann solle er es noch einmal sagen!

Wegen der Leichenstarre. Der Herr hätte doch in keinen Sarg mehr hineingepasst.

Felgentreu gibt dem jungen von Korff ein Zeichen, dass er die Vernehmung weiterführen solle.

Er ist blass im Gesicht wie immer, wenn ihn der Schmerz überfällt. Aber er will sich nichts anmerken lassen und geht mit angehaltenem Atem zur Tür. Erst draußen lehnt er sich gegen die Wand und beugt den Oberkörper nach vorne und atmet tief und stöhnt leise.

Dieses eigentümliche Geräusch, wenn Sternemanns Skalpell in das tote Fleisch dringt. Ein Schnitt, und ein Mensch liegt da, offen und breiig.

Sie haben die Toten in ein Bauernhaus bringen lassen. Zuerst ist der Körper des Mannes dran. Sternemann schneidet und macht seine einförmigen Kommentare. Belau schreibt. Der junge von Korff, Felgentreus Assistent, dem alle in der Kanzlei eine große Karriere voraussagen, ist grün im Gesicht.

Zuviel Gemüt, denkt Felgentreu. Schreibt Gedichte, kann kein Blut sehen. Kein Mensch für die Politik.

Etwas aus dem Innern des Mannes klatscht auf den Boden. Sternemann flucht. Der junge von Korff muss hinausgehen.

Später wäscht Sternemann sich die Hände in einer Waschschüssel. Der Tod sei bei der Dame durch Herzschuss eingetreten. Bei dem Mann durch einen Schuss in die Mundhöhle.

Selbstmord?, fragt Felgentreu.

Das sei anzunehmen, sagt Sternemann, dass der Mann zuerst auf die Dame geschossen und dann das Pistol auf sich selbst gerichtet habe. Aber es müsse nicht so gewesen sein.

Kein Ausschuss im Kopf, sagt Felgentreu.

Zu schwache Ladung, sagt Sternemann. Deshalb sei das Blei im Gehirn steckengeblieben.

Er schüttelt den Kopf. Das hätte ein ehemaliger Leutnant allerdings wissen müssen.

Felgentreu geht über den Hof. Hinter der Scheibe des Gasthauses sieht er das Gesicht der jungen Wirtin, das verschwindet, als sie merkt, dass er sie gesehen hat. Felgentreu will zu dem Kutscher, um ihm zu sagen, er könne so peu à peu anspannen.

Der alte Riebisch kommt mit einer Karre Mist über den Hof, will, als er Felgentreu sieht, offenbar ausweichen, bleibt aber in einer Sandhäufung stecken, fährt die Karre fest und müht sich, sie wieder herauszubringen.

Felgentreu zieht sich den Rock aus und fasst mit an, und sie schieben die Karre gemeinsam aus dem Sand und bleiben schwer atmend nebeneinander stehen.

Der Riebisch ist irgendwie unsicher, scheint es Felgentreu. Er sieht ihn gar nicht an, guckt immer so nach dem Wirtshaus. Aber Felgentreu hat eine hartnäckige Art, wenn es ihm um was geht, und obgleich er nicht weiß, um was es hier gehen soll, macht ihn doch die Hemmung des Tagelöhners irgendwie stutzig. Sie reden so ein bisschen über Pferde, davon versteht Felgentreu was, dann kommt er auf diese Sache zu sprechen, und der Riebisch ist nicht mehr so einsilbig und spricht von der Aufregung, die sie alle befallen habe, und von den Pistolen, und wie sie einen Schreck bekommen hätten, als der Herr Offizier ihnen bedeutet habe, das eine Pistol sei noch scharf geladen!

Welcher Offizier?, fragt Felgentreu dazwischen.

Na, der da gekommen sei, ganz zufällig, als die Schüsse gefallen seien.

Und wo sei der jetzt, fragt Felgentreu ganz harmlos.

Der sei nicht mehr aufgetaucht seitdem, sagt der Riebisch einsilbig. So ein großer war es, mit so einer breiten Narbe im Gesicht.

Da wird es Felgentreu ganz hell im Kopf. Da spürt er plötzlich den Schmerz im Magen nicht mehr. Da ist er ganz bei der Sache. Da weiß er auch, dass er den Namen dieses toten Leutnants schon einmal gehört hat.

Später sitzen sie in der Kutsche und fahren zurück. Belau schläft, sein Kopf ruckelt hin und her. Der junge von Korff sitzt neben Felgentreu und will wissen, was der von der Sache hält.

Er fragt respektvoll und höflich. Felgentreu antwortet nicht gleich. Ihm ist der junge von Korff sympathisch, er weiß selbst nicht genau, warum. Vielleicht, weil er sich von seinesgleichen, das die Karriere schon im Wochenbett mitgeliefert bekommt, so deutlich unterscheidet.

Was er, Korff, davon halte, fragt Felgentreu dann.

Die Sache sei eigentlich klar, sagt der junge von Korff. Die Obduktion habe keine Anzeichen von anderer Gewalt als von der Pistole feststellen können. Es gebe einen Abschiedsbrief, es gebe Zeugenaussagen.

Ob er sicher sei, dass der Brief echt sei, fragt Felgentreu gelassen.

Das nun nicht, antwortet von Korff. Aber gäbe es daran einen Zweifel?

Und dieser Offizier, sagt Felgentreu. Sei plötzlich aufgetaucht und plötzlich verschwunden.

Ein Spaziergänger vielleicht, sagt von Korff.

Und scherzt man und lacht man, wenn man sich im nächsten Augenblick eine Kugel durch den Kopf schießen will?

Der junge von Korff schweigt.

Er habe mal einen Fall gehabt, sagt Felgentreu gedankenverloren, eine bekannte Familie ... Alles habe übereingestimmt, alles sei klar gewesen, die Zeugen, der Abschiedsbrief ...

Der junge von Korff sieht Felgentreu aufmerksam an. Er weiß von dem Fall. Jeder kennt ihn in der Kanzlei. Da war das Geld, das man dem Felgentreu geboten hatte, damit er die Sache verschweigt und die Ehre der Familie rette.

Und doch war es ein Giftmord, sagt Felgentreu.

Von Korff hört zu. Damals, auch das wusste jeder in der Kanzlei, hatte Felgentreu das Geld nicht genommen.

Ein Zufall, sagt Felgentreu. Nur durch einen Zufall sei er darauf gekommen.

Von Korff sieht ihn an und denkt, dass es gerade das war, was ihn diesen Felgentreu achten ließ. Dass er das Geld nicht genommen hatte. Dass es ihm um die Wahrheit ging.

Sagen Sie, Korff, scherzt man und lacht man, wenn man sich im nächsten Moment eine Kugel durch den Kopf schießt?, fragt Felgentreu.

Also Mord!, sagt von Korff und ist ganz gespannt.

Felgentreu winkt ärgerlich ab.

Eine voreilige Schlussfolgerung! Er müsse noch viel lernen. Was zählte, seien Tatsachen. Und die müsse man beschaffen.

Diese Aufregung. Dieses Gewisper und Geflüster. Als Felgentreu die Kanzlei betritt, kommen die Herren Kollega und umlagern ihn. Der Herr Kleist sei tot? Und durch den Kopf geschossen?

Felgentreu ist verwundert. Bisher hat er noch niemandem von dem Fall etwas mitgeteilt, nicht einmal dem Geheimen Rat.

Aber, Felgentreu, bei so einem Mann! Kennt er ihn nicht?

Felgentreu kennt ihn nur flüchtig.

Da seien ein paar Herren sicherlich sehr froh über solch eine Lösung.

Welche Herren und warum?

Da wolle man lieber keine Namen nennen. Aber zum Beispiel ein gewisser Staatsrat, mit dem sich der Leutnant von Kleist habe duellieren wollen.

Mit einem Staatsrat?

Da sei sogar der Kanzler verstrickt gewesen. Sie hätten ihm doch Versprechungen gemacht, die Zeitung betreffend, und diese nicht eingehalten …

Felgentreu ist ganz Ohr.

Was er denn wollte, dieser Kleist?

Aber da stiebt die ganze Gesellschaft auseinander. Irgendwo ist der Geheime Rat aufgetaucht.

Diese Stadt: Wie sie sich verändert hat. Irgendetwas Unbestimmbares lastet auf ihr. Das sieht man in den

Gesichtern der Menschen, das merkt man, wenn man im Weinhaus sitzt oder beim Barbier. Wie wenn die Franzosen nie abgezogen, wie wenn sie noch immer präsent wären.

Diese Unsicherheit, dieses Geflüster: Rüste der König nun zum Krieg oder nicht. Ging's gegen den Franzmann oder den Zaren, Verträge geschlossen, Verträge gekündigt, Bündnisse da, Bündnisse dort.

Der Geheime Rat tobt regelmäßig in der Kanzlei: Alles breche aus den Fugen, überall dieses Diebsgesindel, diese Mordbrenner – und das Schlimmste: die jungen Leute, die weder Ruhe noch Ordnung halten könnten noch Einsicht zeigten in gewisse Notwendigkeiten. Nein, geheime Gesellschaften gründeten sie. Arbeiteten gegen die Politik des Königs. Schließlich sei ja die Allianz mit dem französischen Kaiser, wenn auch für einige Herrschaften überraschend, nicht umsonst gerade jetzt geschlossen worden!

Was man brauche, sagt der Geheime Rat, seien Ordnung und Ruhe!

Felgentreu fährt in Richtung Mauerstraße. Die Häuser sind flach, aber von solider Beschaffenheit. Die Frau des Vermieters ist eine ältere, misstrauische Dame.

Sie habe es durch die Zeitung erfahren, sagt sie, diese Tragödie.

Ob er viel Besuch gehabt habe, fragt Felgentreu.

Kaum, sagt sie. Er habe sehr zurückgezogen gelebt in der letzten Zeit. Habe viel gearbeitet, war ja ein Dichter.

Und diese Frau Vogel. Habe sie sie mal hier gesehen?

Die Frau verneint. Wie gesagt, der Herr habe sehr zurückgezogen gelebt.

Das Zimmer ist kleiner, als Felgentreu es sich vorgestellt hat. Spärliche Möblierung, beinahe ärmlich, was

Felgentreu verwundert. Irgendwie hat er sich vorgestellt, dieser K. müsse anders gelebt haben.

Er zieht die Schubladen der Kommode auf, ein wenig Wäsche, Raucherutensilien, keine Papiere. Alles sehr aufgeräumt. Im Ofen viel verbranntes Papier. Noch unverbrannte Reste, wenn auch wenig. Felgentreu nimmt sie sorgfältig heraus.

Was die Dame überhaupt sagen könne über den Herrn von Kleist?

Er sei vor zwei Jahren hier eingezogen, ein ruhiger, bescheidener Mensch. Sei ja aus vornehmer Familie.

Auf dem Sekretär eine Miniatur.

Die Schwester, sagt die Frau unaufgefordert.

Felgentreu sieht für Momente diesen Kleist im Zimmer stehen, dann sitzt der hinter dem Sekretär: ein schmaler Mann mit ernstem Gesicht.

In der ersten Zeit sei er häufiger ausgegangen, sagt die Vermieterin. Manchmal nur ein paar Häuser weiter zu Beckedorffs. Aber in der letzten Zeit ... nein ... Es seien ja auch alle auf dem Lande gewesen ...

Felgentreu sieht den Leutnant am Fenster stehen.

Dann sagt Felgentreu: Er danke der Madame.

Dann geht er hinaus.

Als der junge von Korff zurückkommt, sitzt Felgentreu hinter seinem Sekretär und liest die Protokolle.

Von Korff sieht abgekämpft aus und streckt bedauernd die Hände aus: Nichts! Kein Gardeoffizier, der an diesem Tag, um diese Zeit am Kleinen Wannsee war.

Felgentreu kaut an seinen Lippen. Und die Beschreibung?

Das sei es ja, sagt von Korff. Es kenne auch niemand einen Offizier, auf den die Beschreibung zutreffe.

Ob ihm etwas auffalle, sagt Felgentreu und gibt dem jungen von Korff die Protokolle.

Von Korff beginnt zu lesen, aber als er nicht sofort

auf den Widerspruch stößt, ruft Felgentreu: Die Pistole! Die Lage der Pistole. Die alte Riebisch und die Wirtsfrau sagen, der Leutnant habe die Pistole in der Hand gehalten, der alte Riebisch aber, der den Toten als Erster angefasst hatte, behauptet, sie habe unter seinem Körper gelegen.

Und dann die Kugeln, sagt Felgentreu.

Die durch den Körper der Madame Vogel geschossene müsse ein größeres Kaliber gehabt haben als die, die im Kopf des Leutnants gefunden wurde. Es sei aber nur von zwei Terzerols die Rede gewesen, die dieser Peguilhen an sich genommen habe. Was wäre, wenn noch ein drittes Pistol im Spiele sei?!

Später sitzt Felgentreu in der Gesindekammer eines Hauses in der Berliner Mauerstraße. Der Mann ihm gegenüber ist ein zurückhaltender Fünfziger mit Manieren, wie es dem Diener einer vornehmen Familie entspricht. Dennoch gibt er, durch das Honorar von einem Taler inspiriert, bereitwilliger Auskunft, als es Felgentreu erwartet hätte.

Ja, der Herr von Kleist sei oft Gast im Hause Beckedorff gewesen. Ein liebenswürdiger Mensch, der stets ein gutes Wort für das Dienstpersonal gehabt habe.

Einmal, er erinnere sich noch genau, sei er Zeuge eines Gesprächs geworden, in dem sich der Herr von K. über den Druck beschwert habe, der von Seiten der Staatskanzlei auf seine Zeitung ausgeübt worden sei. Aber nicht so, als habe er sich bedroht gefühlt … Ein Gardeoffizier? Mit einer Narbe? Nein, habe er nie gesehen …

Einmal, ja … da habe er seinem Herrn gegenüber geäußert, es habe alles wenig Zweck, man habe in allem verloren, was man erreichen wollte. Es stünde Bedrohliches vor der Tür …

Weniger zurückhaltend ist die Köchin Berta, beschäftigt im Hause Staegemann, ebenfalls Mauerstraße. Felgentreu kann ihren Redefluss kaum bremsen. Als Essenz ihrer Rede scheint ihm interessant: Zwar sei ihr ein Gardeoffizier oder eine andere Person, auf die die von Felgentreu gegebene Beschreibung passen könne, nicht bekannt. Aber dass den Herrschaften und allen Leuten, die zu ihnen gekommen seien, durch die Herren von den geheimen Behörden mehr als genug Aufmerksamkeit geschenkt worden sei, sei allen bekannt gewesen, auch dem Dienstpersonal. Man habe ja nur aus dem Fenster zu sehen brauchen!

Felgentreu will hinaus, aber die Frau redet weiter, sagt, dass ihre Herrschaften so traurig seien, besonders die Hausfrau, denn dieser Kleist habe noch ein, zwei Tage vor seinem Tod bei ihr vorgesprochen, sie, die Madame Staegemann, habe ihn aber wegen Unpässlichkeit abweisen lassen! Gottchen, und jetzt sei sie ganz verzweifelt, sie sei doch immer so etwas wie eine mütterliche Freundin gewesen für den Herrn Kleist und hätte ihm vielleicht helfen können in seiner Not, aber …

Schon gut, sagt Felgentreu, reicht ihr ein Geldstück und geht.

Felgentreu sieht sein Gesicht im Spiegel. Es ist hager und graufarbig. Fast erkennt er sich nicht. Der Barbier zieht einen messerscharfen Scheitel über Felgentreus Kopf.

Er sei ja ein schweigsamer Mensch gewesen, sagt der Barbier. Sei aber regelmäßig gekommen. Ja, er möchte sagen, er sei einer seiner schwierigen Kunden gewesen, obgleich immer korrekt bei der Bezahlung. Kein reichliches Trinkgeld, aber immer habe er welches gegeben. Er habe wohl in wenig guten finanziellen Verhältnissen gelebt. Ja, man habe ihm, dem Barbier, erzählt (Namen wolle er nicht nennen), der junge Herr habe außerordentlich große Schulden gehabt.

Politisch habe er sich ihm gegenüber nie geäußert. Allerdings seien des Öfteren Erkundigungen eingezogen worden über den Herrn von K., meist von Gelegenheitskundschaft, der man an der Nasenspitze angesehen habe, in wes Diensten sie stehe.

Jetzt staubt er Felgentreu das Gesicht voll und putzt es mit einem weißen Tuch.

Ja, der Herr sei ihm bekannt. Ein groß gewachsener mit auffällig roter Narbe. Ja! Das sei einer von denen gewesen, die sich nach dem jungen Herrn erkundigt hätten. Er habe natürlich kein Wort von sich gegeben. Auf seine Diskretion könne man bauen.

Felgentreu sieht in den Spiegel.

Er sieht sich, den Barbier und das Gesicht dieses jungen Mannes, der Kleist heißt.

Dann ist Felgentreu mit von Korff auf einem Gut hinter Zossen. Dort geht der Herr von A., ein Mann Anfang dreißig, Gutsbesitzer und Schriftsteller, von nervöser Zurückhaltung und mit etwas näselnder Aussprache – der geht also durch seinen Salon mit großen Schritten und redet von seiner Hochzeitsreise nach Frankfurt und von den schlimmen Zeiten, in denen zu leben man das Unglück habe, gerade als Deutscher. Da warte man nun, dass endlich etwas geschehe, dass der König nicht hinnehme, was ihm an Schmähungen durch diesen französischen Emporkömmling widerführe, jeder glaube, es müsse innerhalb eines Monats endlich zum Konflikt kommen – und dann diese Allianz! Was der Herr Korff dazu meine?

Korff wunderte sich über die freimütige Rede des Herrn, zumal dieser nicht wissen konnte, welcherart

Gesinnung Felgentreu hatte, offenbar aber war die Tatsache, dass Korff und er weitläufig miteinander verwandt waren, Grund genug zur Offenheit.

Er sei ebenso überrascht gewesen, sagt von Korff, und der Schriftsteller näselt empört, man könne gewärtig sein, aufgehängt zu werden aus Treue zu seinem König, und zwar auf des Königs Befehl – so weit sei es gekommen mit diesem Land.

Und den Bauern, fuhr er fort, wäre am wenigsten gedient mit all den vorgeblichen Freiheiten, die dieser Kanzler proklamiere ... In Schlesien gebe es gar Zusammenstöße ...

Ob er denn meine, mischte sich Felgentreu ins Gespräch, dass der verstorbene Herr von K. in eben diese politischen Konstellationen verwickelt gewesen sei?

Der Schriftsteller überlegte kurz.

Der Kleist sei ja ein sehr aufbrausender Mensch gewesen. Sehr leidenschaftlich, aber er persönlich glaube nicht an eine allzu starke politische Bindung. Er sei ein Dichter gewesen, von ganzem Herzen, und so einer eigne sich ganz gewiss nicht für die hohe Politik.

Er habe sich aber doch enorm engagiert mit seinem Abendblatt, wendet Felgentreu ein, und gar nicht immer zu des Kanzlers oder der Franzosen Gunsten.

Gewiss, das habe er nicht, sagte von A. lachend, jedenfalls anfangs nicht. Das Pragmatische sei dem Kleist zutiefst zuwider gewesen, wo doch seiner Meinung nach die Aufgabe gestanden habe, die Nation zu organisieren, und zwar durch Idealismus und mit hohen Werten ...

Er macht eine Pause und spuckt verächtlich aus.

Werte, sagt er dann. Was sei geblieben davon? Was zähle Treue heutzutage oder Vaterlandsliebe? Was heiße heute deutsch?

Eben das meine er, sagt Felgentreu, dass da Interessen bestehen, solcherart geistige Ansätze bei den Trägern selbst auszulöschen. Er denke besonders an die Geheime Gesellschaft, der auch der Herr Leutnant von Kleist angehört habe …

Geheim, sagt von A. wegwerfend. Was denn heute geheim sei. Wo man sich doch in einer Gesellschaft von mehr als drei Menschen nicht sicher sein könne, ob nicht zwei davon ihre Wissenschaft irgendwo ausschütten würden.

Aber dieser Kleist, drängt Felgentreu.

Nun, sagt der Schriftsteller, wenn er es recht bedenke … Es sei immer etwas Mysteriöses um ihn gewesen. Er habe immer gedacht, es sei Pose … aber nun wolle er nicht ausschließen, dass dieser Kleist rein staatspolitisch gesehen als auffällige Figur gegolten habe.

In der Kutsche ist Felgentreu von verbissener Schweigsamkeit. Erst als der junge von Korff vor seinem Haus aussteigt, hält ihn Felgentreu noch einmal zurück.

Was einen Dichter von einem normalen Menschen wie ihn eigentlich unterscheide, will er wissen. Korff müsse es ja beurteilen können.

Der ist ein wenig verwirrt und gibt zögernd Antwort: Er selbst sehe sich nicht als Dichter, aber was er davon wisse … nun, er glaube … ein Dichter, der wolle alles … das Ganze! Besser könne er es leider nicht charakterisieren.

Auf der Bühne ist ein lautes Geplapper und Gekeif, unten sitzen die Herrschaften, teils gelangweilt, teils amüsiert, die Offiziere, die Herren Botschafter, die Herren Staatsräte. Ganz hinten sitzt Felgentreu und hat nur Augen für Marie, die da oben irgendwelche belanglosen Sätze spricht. Dann der Beifall, die Vorhänge, das Publikum, das sich erhebt und den Ausgängen zustrebt.

Felgentreu in dem Gedränge bei den Garderoben. Marie, die den Gang entlangkommt, umlagert von Verehrern. Felgentreu, der nur Marie sieht. Aber hinter ihrem Rücken steht ein Mann und redet auf sehr intime Art mit dem französischen Monsieur von der Botschaft, dreht sich dann um und schlängelt sich durch die Menge zum Ausgang. Felgentreu sieht die rote Narbe im Gesicht des Mannes.

Felgentreu sieht Marie näherkommen, aber er drängt sich durch die Menge, will dem Mann mit der Narbe hinterher, aber als er auf die Straße kommt, fahren die Kutschen schon an, und von dem Mann ist keine Spur.

Felgentreu wartet draußen. Aber als Marie kommt, sind dieser französische Monsieur und noch ein paar Lebemänner bei ihr und steigen in eine Kutsche. Marie lacht und ist Mittelpunkt und sieht Felgentreu nicht.

Vor der Kanzlei läuft ihm Ascher, der Zeitungsschreiber, über den Weg. Was Felgentreu zu den neuesten Aktivitäten dieses Peguilhen sage. Felgentreu hat keine Ahnung, lässt sich aber nichts anmerken.

Dann möchte er gerne wissen, ob es stimme, was da so erzählt werde: dass Felgentreu an eine Verschwörung gegen diesen Selbstmörder glaube, und zwar französischerseits.

Er glaube gar nichts, sagt Felgentreu. Für ihn zählten nur Tatsachen. Geschwätzt werde viel, wenn der Tag lang sei.

Nun, er, Ascher, halte diesen Kleist zwar nur für einen mäßig begabten Dichter, der ein wenig Aufsehen erregen und sich mit dem Tod entschädigen lassen wollte für das, was er im Leben nicht erreicht habe, dennoch glaube er, wo Rauch sei, sei auch Feuer. Und die Gerüchte hielten sich hartnäckig, dass der französische Botschafter beim Kanzler gegen eine derartige Auslegung heftig protestiert habe!

Geschwätz, nichts als Geschwätz, sagt Felgentreu abfällig.

In der Kanzlei hat sich etwas verändert. Von den Gängen verschwinden die Kollegen, wenn sie Felgentreus ansichtig werden. Die Schreiber stecken ihre Nasen tiefer über die Pulte, aber Felgentreu spürt ihre schielenden Blicke in seinem Rücken.

Der junge von Korff ist rot im Gesicht.

Der Peguilhen habe eine Annonce in die Zeitung rücken lassen, den Tod der beiden betreffend, und dass dies eine Tat sei, die das Jahrhundert noch nicht gesehen habe – und kündigt Detaillierteres für die nächste Zeit an.

Ein Wichtigtuer, sagt Felgentreu. Und der junge Korff sagt: Es solle beim Kanzler viel Aufregung gegeben haben. Zwei Selbstmördern soviel Glorie zu verleihen (und Publizität), sei eine Verletzung der Sitten!

Sitten, sagt Felgentreu abfällig, als ginge es diesen Herren um die Sittlichkeit. Und sonst sei nichts?

Doch, der Geheime Rat habe nach Felgentreu verlangt.

Felgentreu lässt sich sofort melden. Er ahnt nichts Gutes und ist auf Zorniges oder Scharfstimmiges gefasst, aber der Geheime Rat hat ein eher freundliches Gesicht. Erst redet er Dienstlich-Alltägliches, klagt über die Studenten, die das schädliche Diskutieren nicht sein lassen können, und über diese Geheimbündeleien, gerade jetzt, in dieser Situation! Aber dann wechselt er das Thema, lobt plötzlich Felgentreus Arbeit, spricht vom Kammergericht, und dass da in nächster Zeit zwei Stühle zu besetzen seien, und dass man sich allerlei überlege …

Es ist kein bestimmtes Angebot für Felgentreu, aber doch deutlich genug. Dieser Geheime Rat winkt mit dem Kammergericht!

Wie es denn um diese leidige Sache vom Wannsee stünde. Wann er denn die Schlussakten bekommen könne, fragt der Geheime Rat dann unvermittelt und wie nebenbei.

Der Fall sei noch in Untersuchung. Es hätten sich Widersprüche ergeben. Kompliziert sei alles auch dadurch, dass sich viele Personen, die etwas zur Sache sagen könnten, zur Zeit außer Landes befänden. Er habe deshalb noch kein genaues Bild.

Jetzt wird der Rat direkt jovial.

Wirklich lobenswert, Felgentreus Aktivitäten. Aber mehr als die Tat eines Psychopathen, der aus Exaltiertheit einen Mord und einen Selbstmord vollbringe, nur um sich herostratisch in die Zeit (Geschichte) zu bringen, werde er kaum finden können.

Felgentreu antwortet reserviert: Ob dem Geheimen Rat bekannt sei, dass dieser Kleist und einige andere einflussreiche Herrschaften eine offene Opposition gegen die Politik des Kanzlers betrieben hätten und ob er über die Geheime Tischgesellschaft informiert sei, in der man sich getroffen und konzeptionell beraten habe …

Der Rat macht eine wegwerfende Handbewegung. Das solle Felgentreu nicht überschätzen. Diese Kreise hätten schon längst keinen Einfluss mehr. Nicht unterschätzen solle er hingegen, dass es im Interesse des Staates wichtig sei, jede öffentliche Kritik oder Infragestellung durch Diskussionen zu vermeiden.

Lasse er das fallen, sagt der Geheime Rat beschwörend. Es solle sein Schaden nicht sein.

Der Staatsrat macht es kurz und bündig. In zwei Tagen solle Felgentreu die Sache abgeschlossen haben – wie auch immer!

Mein Gott, so hoch war eine Sache noch nie angebunden, dass Felgentreu sogar einem Staatsrat gegenübersteht.

Er werde sich Mühe geben, sagt er fest und unbestimmt, die bestehenden Widersprüche bis dahin auszuräumen.

Ob er denn Beweise habe, fragt der Staatsrat misstrauisch.

Felgentreu schweigt.

Dann also in zwei Tagen! Und er sei ihm persönlich rechenschaftspflichtig!

Felgentreu macht die Andeutung einer Verbeugung. Er werde bestimmt nichts Voreiliges konstruieren.

Als Felgentreu zurückkommt, liegen auf dem Tisch der Kanzlei zwei Terzerols. Der Peguilhen habe sie nach neuerlicher Aufforderung endlich zur Verfügung gestellt, sagt von Korff.

Felgentreu nimmt eins der Terzerols in die Hand.

Das dritte Pistol, sagt er zu von Korff. Es müsse noch ein drittes Pistol im Spiel sein.

Natürlich habe sie das Ereignis erschreckt, sagt Frau von Massow, die Tante des Verstorbenen. Aber sie möchte betonen, dass ihr familiärerseits niemand etwas vorwerfen könne. Sie habe getan, was in ihren Kräften stand. Es sei seine Schuld gewesen. Er habe sich nicht einpassen wollen. Man habe ihn auch Zeit seines Lebens zu weich angefasst. Und dann dieser Lebenswandel. Es sei ja in der letzten Zeit direkt gefährlich gewesen, sich mit ihm einzulassen. Er habe ja schon die Aufmerksamkeit der Behörden auf sich gezogen, auch der Franzosen. Man habe auch gesagt, er habe sich konspirativ betätigt. Er hätte mehr auf den Rat der Familie hören sollen: Sie wollten doch nur sein Bestes. Vielleicht wäre das ganze Unglück nicht geschehen, hätte man ihn in der Kindheit härter angefasst.

Die Herren mögen entschuldigen, sagt die Schwester Ulrike, aber sie könne unmöglich etwas zum Tod ihres Bruders sagen. Es sei etwas ganz Unaussprechliches.

Felgentreu glaubt ihr die Trauer und fragt einfühlsam und vorsichtig.

Die Schwester schluchzt. Er sei ein so schwieriger und ein so guter Mensch gewesen. Vielleicht habe ihm nur ein Vertrauter gefehlt.

Lange hat er gebraucht. Schon zweimal ist er mit der Kutsche in der Nähe des Rosenthaler Tores gewesen. Immer hat ihn der Mut verlassen. Aber sein Herz hat geklopft, stark und heftig. Jetzt sitzt er in dem Salon, den er kennt, und registriert die kleinen Veränderungen: Madame habe es wirklich besser getroffen.

Da springt Marie auf und hat wieder diesen Blick, dass ihm heiß wird. Da ist Kampfeslust und Herausforderung in ihren Augen. Ob er gekommen sei, ihr Vorwürfe zu machen.

Vorwürfe? Nein. Er registriere nur Tatsachen.

Mag sein, sagt sie scharf, aber er solle dann seine Tatsachen für sich behalten. Er habe kein Recht, ihr etwas vorzuhalten …

Recht, sagt er bitter, Recht! Er wisse, dass er verloren habe.

Verloren?, fragt sie höhnisch. Verlieren könne man nur, was man besessen habe. Sie aber sei keines Menschen Besitz. Das sei, was er nie begriffen habe.

Marie, sagt er leise und einlenkend.

Ja, sagt sie, ohne ihn zu hören. Ihr wollt besitzen. Ihr sagt: Liebe! Ihr sagt: Treue! Aber ihr meint nur: Besitz!

Marie, sagt er noch einmal.

Aber Liebe, sagt Marie zornig und unter Tränen, Liebe ist das Gegenteil von allem, was ihr wollt …

Frei sein ist Liebe. Und Stärke ist Liebe, sagt Marie. Aber ihr seid gefangen. Durch euch selbst. Ihr habt nur Angst, dass ihr etwas verliert: euer Amt, eure Familie, euer Ansehen …

Felgentreu sitzt und schwitzt und ballt die Hände zur Faust, dass sie ihn schmerzen. Und zwingt sich zur Rede:

Deshalb sei er nicht hergekommen.

Und weshalb?

Sie könne ihm helfen. Es sei ernst. Er brauche ihre Hilfe.

Wo sie ihm helfen könne?

Ihr französischer Monsieur …

Es sei nicht i h r …

Gut, gut … Er meine es nicht so … Er brauche nur etwas … einige Informationen.

Und die solle sie ihm beschaffen?

Es ginge um diesen Kleist. Und um einen angeblichen Offizier, eine auffällige Erscheinung, er trage so eine breite Narbe im Gesicht. Er habe ihn gesehen mit dem Monsieur zusammen im Theater …

Marie sieht ihn scharf und verächtlich an.

Er wisse, sagt Felgentreu, dass er viel von ihr verlange. Aber es sei ihm sehr ernst. Und wichtig. Er sitze im Finstern und komme nicht voran. Er brauche Zusammenhänge. Sie sei die Einzige, die ihm helfen könne.

Sie werde sich melden, sagt sie kurz und steht auf.

In der Tür sieht Felgentreu in ihre Augen und sein Herz klopft.

Er habe sich gar nicht verändert, sagt die Marie. Er sei immer noch kalt wie ein Stück Eis. Man müsse ja Angst haben zu erfrieren.

Felgentreu ist ganz blass.

Unten schickt er den Kutscher weg. Läuft durch Straßen, vorbei an bellenden Kötern, über stinkende Rinnsale hinweg. Armeleutegegend. Markt, Leben, Gekeif, Gekreisch.

Da ist auch wieder dieser Kleist. Er sieht ihn ganz deutlich. Wie wenn er neben ihm geht und sagt: Sehen Sie, es ist das gleiche Problem. Du siehst ihn vor dir, den Menschen, den du liebst und willst dich ihm öffnen, willst dich ganz offen machen, aber dann ist nichts drin, alles weg.

Ja, sagt Felgentreu, die Liebe, die Hoffnung. Alles weg. Die pure Leere. Aber es war doch einmal da. Es muss doch irgendwo geblieben sein.

Aber die Gestalt, von der er sich Antwort erhofft, ist schon verschwunden.

Die Weinstube der Madame Kähler liegt hinter einer Kirche. Drinnen ist es dunkel und stickig. Die Leute sehen ihn an, misstrauisch oder feindselig. Felgentreu trinkt Bier aus einem Krug.

Die Wirtin setzt sich an seinen Tisch: Wer wird denn Trübsal blasen, immer herein ins Vergnügen.

Felgentreu trinkt und sagt zu der Wirtin, dass es doch Wahnsinn sei, mit ein paar Stückchen beschriebenen Papiers mitspielen zu wollen im Spiel der großen Herrschaften, aber mit kaum einem Groschen in der Tasche.

Geld regiert die Welt, lieber Herr, sagt die Madame Kähler und stellt ein neues Bier vor Felgentreu. Aber die Welt ist doch schön.

Die jungen Kerle, sagt Felgentreu. Einen kenne er auch. Hohe Ideale, große Gedanken, aber nur den Taufschein dahinter. Ist zu wenig.

Tanzen, sagte die Madame, er solle doch tanzen.

In der Mitte der Lokalität hat sich ein Kreis gebildet, paar Burschen, paar von diesen strammen Mädchen haben sich umgefasst und tanzen und singen. MarieMarieMarie.

Verfluchtes Weibsvolk, sagt Felgentreu, steht auf und schwankt schon ein wenig, fällt in den Kreis und dreht sich und hat etwas Weiches, Warmes im Arm, Felgentreu sieht diese lustigen frechen Augen – so zieht ihn das Mädchen die Treppe hoch, und sie drehen sich noch in dem ärmlichen Zimmer und fassen sich an und fallen aufs Strohbett, und rauf und rauf.

Dann schwankt er die Treppe hinunter, Mattigkeit in den Beinen und eine schöne Leere im Kopf, tritt auf die Straße mit durchgedrückter Brust und um ein paar Taler leichter, und dann, am Bürgersteig, neben den stinkenden Rinnsalen, da ist wieder dieser Schmerz und sticht ihn so heftig, dass er sich zusammenkrümmt, nicht mehr stehen kann und niedersinkt mitten in das trübe stinkende Wasser und stöhnt und stöhnt und denkt nur: Lieber Gott, lass mich leben!

Sternemann drückt auf seinem Bauch herum, Felgentreu verzieht das Gesicht unter Schmerzen und hört gar nicht mehr auf das eintönige Sabbeln.

Das ist das Blei von Jena und Auerstedt, das ihn ein bisschen plagt, damit kann er hundert Jahre alt werden. Will doch noch was haben vom Leben. Soll nicht solche Sachen machen. Die ganze Kanzlei redet schon davon und der Geheime Rat … Na, er möchte ihn nur warnen.

Tatsachen, stöhnt Felgentreu.

Da schießt das Blut aus seinem Maul wie bei einem Kalb, das abgestochen wird. Alles klebt, sein Rock ist voll, seine Beinkleider auch.

Jetzt aber ist ihm besser.

Sternemann, sei er mal ehrlich.

Keine Besorgnis, Felgentreu, was Er braucht, ist Ruhe.

Er soll mich nicht anlügen.

Sternemann schweigt und mixt etwas, das Felgentreu einnehmen soll, regelmäßig.

Und er soll mal aufs Land fahren.

Da weiß Felgentreu Bescheid.

Nachts träumt Felgentreu, auf der Promenade Unter den Linden kommt Marie vorbei mit diesem Leutnant von Kleist am Arm. Felgentreu springt auf und schreit: Dies sei der endgültige Beweis für ihn. In aller Öffentlichkeit zeige sie sich mit anderen Männern!

Hure, schreit er und hebt seinen Knotenstock. Aber der Leutnant stellt sich schützend vor Marie, reißt sein Hemd auf und Felgentreu sieht ein schwärzliches kurzflügliges Tier, eine Art Eule, grinsend und mit kurzem Schnabel in das Fleisch hackend. Bei seiner Ehre, es sei ein rein geistiges Verhältnis, sagt der Leutnant.

Felgentreu schüttelt sich vor Ekel, schreit aber: Er könne nicht leben ohne sie, er sei ein Nichts, ein Schmutz ohne sie. Er solle die ganze Sache vergessen, sagt da die Stimme des Geheimen Rates, er solle an das Kammergericht denken, alles andere verlohne sich nicht, Felgentreu jedoch stößt seinen Knotenstock gegen den Geheimen Rat und ruft nach Marie, aber weder der Leutnant noch Marie sind zu sehen, nur die gaffenden Gesichter der Spaziergänger.

Felgentreu rennt durch die Straßen; an einem Wasser sieht er den Leutnant sitzen, Blut läuft ihm aus dem Mund und er sagt mit schwacher Stimme: Man habe ihn erschlagen!

Wer, sagt Felgentreu, wer war es?

Der Leutnant weint und sagt: Du! Du auch!

Felgentreu schüttelt verständnislos den Kopf und fragt: Wer?

Und der Leutnant sagt, sie seien Verlorene, sie beide, sie hätten dieses Tier in sich, dass sie auffräße, von innen her, und ob Felgentreu verstünde.

Felgentreu versteht nicht und ruft: die Franzosen! Es waren die Franzosen! Und er ruft: Krieg! Und sieht sich an der Seite des Leutnants auf einem freien, baumlosen Feld, und die Trompeten schmettern und blasen zum Angriff, und er sagt zu dem Leutnant: dass es noch mehr gebe als die Summe von Tatsachen! Und er deutet auf die Fahne, aber dann verschwindet das Bild, und Felgentreu sieht nur das trübe Wasser der Spree und die Wäscherinnen, die fleckiges Tuch in den Fluss tauchen.

Seine Frau schüttelt ihn und ruft ihn und sagt, er solle endlich wach werden.

Er hört das Pochen an der Tür, laut und fordernd. Schlaftrunken hört er die Aufforderung des Amtsdieners, er sei vom Geheimen Rat zu einem Sondereinsatz beordert. Die Kutsche stünde bereit.

In der Kutsche sagt ihm der Geheime Rat, dass es sich um eine dieser geheimen Gesellschaften handele, die Kanzlei habe Informationen über einen Treff bekommen.

Die Bande, flucht der Rat, gebe keine Ruhe, wenn man ihr nicht eine Lektion erteile.

Felgentreu unterdrückt ein Gähnen.

Dabei nennen die sich vaterländisch, sagt der Geheime Rat höhnisch, als sei das erste Gebot vaterländischen Handelns nicht der Gehorsam gegenüber dem König.

In einer finsteren Straße halten sie. Da stehen fröstelnd Gendarmen mit unbeteiligten Gesichtern.

Jemand gibt Anweisungen auszuschwärmen und auf ein Zeichen jenes Haus im Hintergrund zu stürmen.

Felgentreu läuft nach links, wartet in einer Mauernische. Irgendwo Lärm, das Schlagen von Türen, Getrampel von Schritten. Dann Schatten von laufenden Menschen. Dann, verspätet, das Signal. Die Gendarmen laufen los. Felgentreu sieht eine Gestalt über eine Mauer springen und genau in seine Richtung laufen. Als die ganz nah ist, springt Felgentreu aus seiner Nische.

Licht fällt auf das Gesicht des Mannes, in dem Felgentreu den jungen von Korff erkennt.

Noch als die Gestalt, nach einem Moment der Erstarrung, in einem Eckhaus verschwindet, steht Felgentreu mit halb erhobenem Stock auf der Straße.

Später, als man sich sammelt, geht der Geheime Rat fluchend zwischen den Gendarmen umher. Diese Bande! Irgendjemand müsse sie gewarnt haben.

Die Wachen sind aufgezogen, die Kutscher reißen Witze, die Spitzel horchen. Der Himmel ist blau, die Pfützen sind gefroren.

Jetzt sitzt Felgentreu in Maries Zimmer.

Marie hat Augen, die können kühl blicken und aufreizend und traurig und wach und lieb und hart.

Marie gießt Tee in die Tassen.

Felgentreu trinkt.

Da sei, was sie für ihn tun konnte.

Das Papier. Maries Stimme – Verachtung.

Sie hoffe, es könne ihm helfen. Damit sei ihre Aufgabe wohl erledigt.

Ein hoher Preis. Und es ekle ihn, sagt Felgentreu.

Es ekle gerade ihn?, fragt sie höhnisch. Und wovor, wenn man fragen dürfe?

Dass er es verlangt habe … Dass sie den Preis bezahlt habe …

Er mache sich falsche Vorstellungen.

Marie scharf und abweisend.

Hurenhaft!, sagt Felgentreu. Wie viele Nächte für das Papier?

Er könne wohl jetzt gehen, sagt Marie kalt. Er habe, was er wolle.

Sie solle nicht spielen mit ihm wie auf ihrer Bühne.

Für sie sei es nie ein Spiel gewesen, antwortet sie.

Ach, sagt Felgentreu sarkastisch. Und der französische Monsieur? Ein Traum?

Er mache sich tatsächlich falsche Vorstellungen.

Felgentreu zittert, Felgentreu brüllt.

Ob sie ihm weismachen wolle, sie hätte sich nicht mit ihm ins Bett gelegt!

Er solle nicht schreien, sagt Marie, jetzt eher traurig. Er irre sich.

Und gestern?

Marie lächelt traurig.

Und damals?

Nie, sagt Marie.

Und alles andere?

Alles andere sei nur in seiner Phantasie.

Marie, sagt Felgentreu. Und: Er bitte sie, ihm zu verzeihen.

Maries Augen, Maries Mund, Maries Körper.

Marie, die weint.

Felgentreu, der auf sie zugeht.

Später liegt Felgentreu auf dem Bett, neben sich Marie. Felgentreu hat etwas anzutragen. Er meint, er habe sein Leben falsch gelebt.

Felgentreu meint, er habe seine Burg gemauert, die Brücke hochgezogen und werde nun belagert von seinen falschen Wünschen, seinem eitlen Tun und seinen unzähligen Masken.

Marie, sagt er, ich bin fünfundvierzig und sitze abends

und horche auf das Blei in meinem Körper. Manchmal spüre ich, wie es sich bewegt. Das tut weh.

Sonne und blauer Himmel und Kälte.

Eine feste Burg ist unser Gott! Und die Gelegenheiten werden immer seltener, dass wir auf unseren Turm steigen und sehen, da ist noch etwas dahinter – da ist noch Weite …

Die Hoffnung liegt in der Pulverkammer.

Maries Augen, Maries Körper.

Felder, Wälder, Land und Weite.

Zum Teufel mit diesem französischen Monsieur und mit dem Kammergericht und diesem Leutnant.

Felgentreu legt Feuer in seine Pulverkammer und sprengt seine Burg in die Luft.

Marie, wir gehen in den Süden.

Maries Hand auf seinem Kopf, auf seiner Brust, auf seinem Magen.

Jemand klopft gegen die Tür: Madame werde doch erwartet. Madame wisse doch schon.

Marie, wie sie aus dem Bett steigt.

Marie als Schatten hinter der spanischen Wand.

Marie vor dem Spiegel.

Marie, wie sie sich umdreht.

Marie, wie sie ist: anders.

Der Schmerz in Felgentreus Magen.

Später nimmt Felgentreu das Papier vom Tisch und geht.

Der junge von Korff findet Felgentreu graugesichtig und mit harten Mundfalten vor seinem Pult. Sie sehen sich an, aber Felgentreu geht über jene Begegnung hinweg.

Es sei etwas in der Welt, sagt Felgentreu, das sie alle zu Teilchen mache von etwas Ganzem, das sie nicht mehr sähen. Er jedenfalls fühle sich dazu gänzlich außerstande.

Ob ihm nicht wohl sei, fragt von Korff, als Felgentreu sich an den Magen greift.

Ihm sei wohl genug, aber einigen anderen Herrschaften in keiner Weise.

Von Korff versteht nicht.

Ob er schon die Königliche Kabinettsorder gesehen habe?

Von Korff schüttelt den Kopf.

Nun, jede weitere Untersuchung des Falles sei verboten. Der Fall Kleist sei als abgeschlossen zu betrachten. Widersprüche seien nicht weiterzuverfolgen, weil es keine gebe.

Aber das Pistol, sagt von Korff.

Sei unwesentlich!

Der Garde du Corps?

Existiere nicht!

Die Interessenlage?

Es gebe keine, sagt Felgentreu. Es gebe nur einen kleinen Hoffiskal und Richter von Heinersdorf, der die Vermessenheit gehabt habe, gewisse Tatsachen aufhellen zu wollen. Schwamm drüber.

Was er zu tun gedenke, fragt von Korff.

Was er ihm raten würde? Er kenne sich doch besser aus in den Geschäften der hohen Herrschaften.

Da sei er überfragt, sagt von Korff, rot im Gesicht.

Überfragt?, sagt Felgentreu ironisch. Wo er doch eine Sache habe, die ihn *ganz* mache, wenn er verstehe, was Felgentreu meine.

Was für den einen selbstverständlich sei, müsse für den anderen noch lange nicht gelten, sagt von Korff ausweichend. Das Leben sei voller Kompromisse.

Das sage ausgerechnet er! Er, der seine ganze Existenz aufs Spiel setze. Sei er nun verblendet oder wisse er, was er täte?

Das wisse er ganz genau, sagt von Korff.

Beneidenswert, sagt Felgentreu. Er könne nur hoffen, dass Korff das nie vergesse. Dass er kein Teilchen werde …

Von Korff schweigt.

Was es seiner, Korffs Sache, nutzen könne, wenn die politischen Verstrickungen bekannt würden. Wenn er, Felgentreu, nachweisen könne, dass dieser Kleist ermordet worden sei.

Nun, sagt von Korff vorsichtig, es würde vielleicht Empörung geben.

Er solle einen Wagen bestellen für den Mittag, sagt Felgentreu. Zum Wannsee.

Über einen elenden Hof geht Felgentreu, ein paar Stufen hinunter, in eine Spelunke.

Der Wirt sieht ihn misstrauisch an. Felgentreu bestellt einen Krug Bier.

Scheele Blicke der Leute, speckige Kragen, zerlotterte Röcke.

Felgentreu grinst in sich hinein, als der Mann kommt, den er hierher bestellt, den Mantelkragen hochgeschlagen, Hut ins Gesicht gezogen.

Er sei es?, fragt der Geheime Rat erschrocken.

Felgentreu grinst.

Wie er dazu komme!, sagt der Geheime Rat empört.

Die Sache sei einfach. Er habe ein Papier, das hinlänglich beweise: Der Geheime Rat sei ein Informant der Franzosen.

Der Rat sieht sich vorsichtig um.

Ob Felgentreu des Teufels sei!

Zweitausend, sagt Felgentreu, zweitausend und die Adresse.

Er sei wahnsinnig. Zweitausend!

Wenn es ihm nicht so viel wert sei, könne er von dem Geschäft zurücktreten, sagt Felgentreu.

Der Geheime Rat winkt ab.

Also zweitausend.
Und die Adresse!, sagt Felgentreu.

Felgentreus Frau ist überrascht, ihn zu dieser Tageszeit im Haus zu treffen. Ob es ihm schlecht gehe, fragt sie, besorgt wie immer und mit ihrer weinerlichen Stimme.

Felgentreu legt ihr die Hand auf den Kopf. Sie zuckt zurück, wenn auch kaum merklich.

Was sie dazu sagen würde, wenn er ins Kammergericht käme?

Das sei doch hoffentlich kein Scherz.

Felgentreu schüttelt den Kopf.

Mein Gott, sagt sie. Das sei ja … Das wären ja … Wie viele Taler wären es mehr im Jahr?

Mehr als man brauche, sagt Felgentreu.

Jetzt umarmt sie ihn.

Dann lässt er sich die Schatulle bringen und legt einen Geldbeutel hinein. Den Schlüssel legt er in ein Kuvert und stellt es auf das Vertiko.

Später sitzt er neben dem jungen von Korff in der Kutsche. Hinter ihnen her fährt eine zweite Kutsche mit Belau und den Gendarmen.

In der Nähe des Schauspielhauses gibt Felgentreu das Zeichen zum Halten.

Er geht in ein Haus, gefolgt von den Gendarmen und von Korff.

Felgentreu zieht an einer Klingelschnur, ein Dienstmädchen öffnet, Felgentreu schiebt sie beiseite und geht in ein Zimmer. Der Mann sitzt hinter einem flachen Sekretär, dreht sich unwillig um.

Felgentreu sagt seinen Spruch und fordert den Mann auf, ihnen zu folgen.

Der Mann steht auf, zornig. Jetzt sieht von Korff die breite Narbe im Gesicht des Mannes.

Er möchte protestieren! Er sei ein angesehener Bürger. Sie wüssten wohl nicht, was sie sich für Unannehmlichkeiten bereiten könnten.

Das werde er schon in Kauf nehmen, sagt Felgentreu. Die richterlichen Maßnahmen in einem Mordfall machten diese Maßnahme nötig.

Ein Mordfall, sagt der Mann beeindruckt. Es müsse sich um eine Verwechslung handeln. Mit Mord habe er nichts zu tun.

Dies festzustellen, bitte man ihn, ihnen zu folgen, sagt Felgentreu scharf.

Da stehen sie alle: der Wirt und seine junge Frau, das Ehepaar Riebisch, der Mann mit der Narbe, ein paar Gendarmen und Felgentreu, von Korff und Belau.

Sie stehen in der Gaststube, und Felgentreu will es noch einmal wissen, von Anfang an und ganz genau. Und jetzt fragt er die junge Wirtin, ob sie diesen Herrn kenne.

Schweigen.

Es ginge um Mord!

Die Wirtin erschrocken.

Ja, sie kenne den Mann. Er sei das erste Mal aufgetaucht, als die beiden Fremden sich hier einquartiert hätten.

Weiter.

Er habe nach ihnen gefragt, habe sich sagen lassen, was sie den ganzen Tag getan hätten und so weiter.

Und sie habe Auskunft gegeben?

Ja.

Warum?

Nun, einem Offizier gegenüber …

Ein Spitzel sei er, ein französischer …

Das werde der Herr Richter noch bereuen, ruft der Narbengesichtige.

Er solle das Maul halten, sagt Felgentreu.

Und das Pistol, sagt Felgentreu zu der Wirtin.

Das habe sie einfach vergessen in der Aufregung.

Sie solle es holen.

Die Wirtin öffnet eine Schublade und legt das dritte Pistol vor Felgentreu.

Vergessen, sagt er höhnisch. Sie solle zugeben, dieser französische Spitzel habe sie dazu angehalten, das Pistol verschwinden zu lassen.

Nein, sagt die Frau und schluchzt.

Wie viel sie bekommen habe, fragt Felgentreu.

Die Frau schüttelt schluchzend den Kopf.

Das werde man alles herausbekommen, sagt Felgentreu drohend und wendet sich dann der Tagelöhnerin zu.

Die beiden Herrschaften hätten also vor dem Haus gestanden und seien ungemein fröhlich gewesen? So wie Menschen, die sterben wollten?

Ganz gewiss nicht, sagt die Frau verschüchtert, aber überzeugt.

Ganz gewiss nicht, sagt Felgentreu höhnisch und sieht den Narbigen an.

Und dann?

Ich war vor dem Haus, sagt die Frau Riebisch, sie standen und redeten.

Da draußen?, fragt Felgentreu und zeigt zu der Stelle am Wasser.

Ja, sagt die Frau.

Henriette hob die Hand und deutete auf die Insel und sagte: Die Insel kaufen und ein Haus darauf bauen.

Ja, sagte er, wir könnten auch meine Cousine bitten, zu uns zu ziehen. Ich glaube, ihr würdet einander gut ergänzen.

Er habe so viel Gutes von ihr erzählt, antwortete sie, und sie habe einige Zeit gebraucht, um ihrer Eifersucht Herr zu werden. Heute könne sie es ihm ruhig sagen.

Eifersucht, sagt er lachend. Sie brauche nicht eifersüchtig zu sein. Seine Liebe zu seiner Cousine sei von anderer Art als seine Liebe zu ihr.

Sie lachte und sagte, sie sei nicht mehr eifersüchtig, aber was er zu Vogeln sage. Vogel, ihren Mann, möchte sie in ihrer Nähe haben.

Er habe durchaus nichts gegen Vogel, sagte er.

Gut, sagte sie, dann wollten sie jetzt Kaffee trinken.

Ich frug noch, sagt die alte Frau Riebisch, ob sie den Kaffee wirklich im Freien einnehmen wollten. Der Herr nickte, und da trug ich den Kaffee hinter ihnen her.

Nach draußen? Nach dieser Stelle?, fragt Felgentreu.

Die Frau nickt.

Gut, sagt er, sie solle alles so machen wie an jenem Tag.

Sie laufen den Weg entlang, die Alte vornweg, den kleinen Hügel hinauf, bis an die Stelle, wo das Grab ist.

Unten gehen Leute.

Wer ist das, fragt Felgentreu.

Es sei doch bald die kirchliche Beerdigung, sagt der Wirt.

Also weiter, sagt Felgentreu.

Die alte Frau trug den Kaffee hinter ihnen her und setzte ihn ins Gras, und Henriette sagte: Liebe Frau, wollen sie uns nicht noch zwei Stühle und einen Tisch heraufschaffen lassen?

Da würde der Kaffee aber inzwischen kalt werden, wandte die alte Frau ein.

Henriette sagte lächelnd: Es würde sich besser plaudern im Sitzen.

Und die Frau Riebisch machte sich auf den Weg.

Ich wünschte, sagte Henriette, ich hätte noch mehr Kinder.

Wie viel?, fragte er.

Vier, sagte sie. Unbedingt vier.

Er sagte, er wünschte sich einen Sohn. Er wollte ihn bilden, aber auf eine andre Weise, als es mit ihm geschehen sei.

Weißt du, sagte er, es muss bei den Kindern von innen her geschehen. Sie müssten den Wunsch haben, sich zu bilden, und nicht nur den Kopf, auch die Seele …

Bist du ein strenger Lehrer?, fragte Henriette.

Ich weiß nicht, sagte er, ich wollte immer nach meinem Bilde formen. Dabei ist das der schwerste Fehler, den man bei einem Menschen machen kann: ihn formen nach einer anderen Vorstellung.

Sie tranken, und er dachte nach.

Heute, sagte er, würde er kein strenger Lehrer sein. Er würde versuchen herauszufinden, was in einem Menschen stecke, und das würde er wecken wollen, vorsichtig …

Und Sie brachten die Stühle?, fragt Felgentreu.

Mein Mann und ich brachten zwei Stühle und einen Tisch, sagt die Riebisch.

Sie solle das tun.

Im Moment?

Ja, sagt Felgentreu.

Die alte Frau und der Mann gehen den Hügel hinunter.

Und Sie? Wo waren Sie zu der Zeit?, fragt Felgentreu den Narbigen.

Bei den Ställen, sagt der Mann gepresst.

Und wer ihn gesehen hätte?

Zugegeben, sagt der Mann, er habe Erkundigungen

eingezogen. Aber mit dem Tod des Mannes habe er nichts zu tun!

Für wen habe er Erkundigungen eingezogen?

Da sei er nicht berechtigt, Auskunft zu geben …

Das werde man sehen, sagt Felgentreu.

Die alte Frau und der Mann hatten Stühle gebracht und einen Tisch. Henriette setzte sich und trank ihre letzte Tasse Kaffee. Er hatte plötzlich das Bedürfnis zu schreiben und bat die Frau, die ihm den Rücken zugekehrt hatte, um ein wenig Papier und Bleistift.

Die Frau nickte wortlos und verschwand seinen Blicken.

Sie sei also abermals zurückgegangen und habe das Gewünschte geholt und sei dann wieder hier hinaufgegangen?, fragt Felgentreu die alte Frau.

Sie schüttelt den Kopf. Die beiden Herrschaften hätten sie schon am Fuß des Hügels erwartet. Der junge Mann habe sich höflich bedankt.

Weiter, sagt Felgentreu drängend.

Er nahm den Bleistift und lächelte die Frau an. Henriette reichte ihr den Tassenkopf, worin sie das Geld für den Kaffee getan hatte und sagte: Mutterchen, das ist der Tassenkopf, den nehme sie mit und wische ihn aus, und bringe ihn wieder her. Und das Geld gebe sie ihrer Herrschaft.

Die Frau nickte und ging und hörte Henriettes Stimme, die ihn fragte, an wen er denn schreiben wolle, und er sagte, an niemanden, es sei nur so eine Idee gewesen, das habe sich erledigt.

Sie sahen sich an und er nahm sie bei der Hand und führte sie den Hügel hinauf.

Sie sei nun zurückgegangen und habe eben die Chaussee betreten, als sie einen Schuss fallen hörte, sagt die Frau nachdenklich und nicht ohne Erschütterung.

Moment, sagt Felgentreu. Sein Blick fällt auf von Korff. Er nimmt ihn am Arm und führt ihn zu der Stelle, die dicht neben dem Grab liegt.

Die beiden Herrschaften müssten demnach wieder hier hinaufgegangen sein. Sie müssten dem Korb die schon geladenen Pistolen entnommen haben. Man habe sie in einer Position gefunden, die darauf schließen ließe, dass sie sich gegenüber gesessen hätten.

Bitte sehr, sagt Felgentreu und von Korff setzt sich nieder.

Wie viele Schritte sei sie gelaufen, fragt Felgentreu die Riebisch.

Sechzig, siebzig Schritt, sagt die Frau. Da fiel der erste Schuss.

Felgentreu richtet die Pistole spielerisch auf von Korff.

Sie saß ihm gegenüber, hatte die Brust gestrafft und sah ihn an. Er hob die Pistole und richtete sie gegen ihr Herz. Sie schloss die Augen und er drückte ab. Sie fiel nach hinten über, als hätte er ihr einen Schlag versetzt.

Er nahm die zweite Pistole und hielt sie sich gegen die Stirn. Er hielt die Luft an und starrte auf Henriettes Körper und fand nicht die Kraft abzudrücken. Er ließ die Pistole sinken und sah seine Cousine und seine Schwester und seine Braut, und sah sich, wie er auf einem Berg stand, sah eine Quelle aus einer Felsspalte sprudeln, deren Wasser schnell zu einem Bächlein schwoll, in immer rasenderer Fahrt in die Tiefe schoss, sich vereinigte mit anderen Wassern, reißend wurde, gischtig gegen Felsen schlug, mit ohrenbetäubendem Lärm über den Rand der Schlucht stürzte, weiß und schaumig und voll berstender Kraft, bis das Wasser ein breiter Fluss wurde, auf dem die Schaumkrone des Sturzes langsamer nun, aber noch immer kraftvoll dahinfloss, und Schiffe trug das Wasser und Menschen auf Flößen, ein breiter kraftvoller Strom, der irgendwo hinten ins Meer floss, in die unübersehbare Weite eines trägen Meeres.

Und Sie?, fragt Felgentreu den Narbengesichtigen noch einmal.

Wo waren Sie jetzt?

Bei den Ställen, sagt der Mann stotternd.

Wer ihm das glauben solle?

Herr Richter, sagt der alte Riebisch.

Felgentreu sieht flüchtig zu ihm hin.

Der Mann sei dagewesen, als der Schuss fiel. Er habe ihn gesehen.

Der Narbige atmet erleichtert aus.

Er habe da gestanden und auf die Pferde geguckt, sagt der Riebisch.

Felgentreu sieht ihn an und weiß, dass der Mann die Wahrheit spricht.

Er fühlt diesen Schmerz im Magen und denkt an Marie.

Er atmet tief und fragt dann: Bitte, wie ging es weiter?

Sie sei abermals vierzig Schritte gegangen …

Bitte, sagt Felgentreu, sie solle gehen … Nein, sie solle nur bis vierzig zählen.

Die alte Frau guckt verwundert, beginnt aber dann zu zählen: Eins, zwei, drei …

Der Leutnant habe also auf die Frau geschossen und dann auf sich selbst, sagt Felgentreu und setzt sich von Korff gegenüber: Also ungefähr auf diese Weise.

Von Korff sieht ihn an.

Felgentreus Gesicht ist grau und verfallen.

Die Umstände, sagt Felgentreu wie zu sich selbst. Du brauchst gar keine Waffe gegen einen zu richten. Die Umstände führen sie.

Der Mann muss nicht recht haben, sagt von Korff leise.

Sechzehn, siebzehn, achtzehn, zählt die alte Frau.

Ich habe die Umstände vergessen, sagt Felgentreu und sieht auf die Pistole.

Er nahm die Pistole, schloss die Augen und konzentrierte sich auf die Geräusche, die um ihn herum waren: den leisen Wind, der durch die kahlen Äste strich, das Schreien eines Vogels, das leise Plätschern der Wellen gegen das Ufer, und er dachte an den Tag, an dem er das erste Mal hier gesessen und dieses Gefühl des Aufbruchs verspürt hatte, in dem die Welt aussah wie neu, voller Hoffnungen, voller Erwartungen, und er dachte, dass ihn dieses Gefühl vergleichsweise oft befallen hatte, wenn auch nur für Momente, und er dachte, dass es vielleicht immer nur Momente waren, in denen man sich frei fühlen konnte, so wie jetzt, in diesem Moment, in dem sich die Geräusche, die ihn umgaben, zu jener seltsamen sphärischen Musik formten, die kein Mensch außer ihm kannte, und die ihn leicht machte und unbeschwert, und er dachte, dass er diesen Moment der Freiheit endlich festhalten müsste, dass es die einzige Chance für ihn war, endlich frei zu sein auf ewig, und er riss die Pistole hoch, steckte sie in seinen Mund, drückte ab und sah den unermesslichen Himmel, der blau war und klar.

Dumpf fällt der Körper auf den gefrorenen Boden. Von Korff sieht das Blut aus Felgentreus Mund fließen und ist unfähig, sich zu bewegen. Die alte Frau Riebisch schluchzt, die junge Wirtin stammelt fassungslos: NeinNeinNein …

Von Ferne hört von Korff Glockenläuten. Dann sieht er den kleinen Zug der Trauernden, an dessen Spitze der Pfarrer geht, langsam die Anhöhe heraufsteigen.

Astrid Köhler

Klaus Schlesingers Kleist-Felgentreu-Projekt

„Kleists Leben – das sind vierunddreißig Jahre des Aufbruchs und der Enttäuschung, der Sehnsucht nach Integration und des Gefühls unendlicher Einsamkeit, das sind eine Häufung von Depressionen und Euphorien, das sind Fluchtversuche durch halb Europa, das sind verzweifelte Schreie, bitterstes Lachen und grenzenlose Leere", notierte Klaus Schlesinger im Jahr 1975: „Schwer, wenn nicht unmöglich, dieses Leben in seiner Zerrissenheit, seiner Widersprüchlichkeit zu fassen."[1]

Tatsächlich hat Schlesingers Beschäftigung mit Kleist eine zentrale Stelle in seiner Schriftstellerexistenz eingenommen. Im Rückblick erinnert er: „Achtundsechzig war ich APO-begeistert, hatte auch Verbindungen zur Westberliner APO. Wissen Sie, sagte ich einmal zu [meinem Lektor Kurt Batt], ich hab da so'ne Idee: Kleist, wahrscheinlich wäre er bei der APO [...]."[2] Nun war Schlesinger 1968 noch mit der Ausarbeitung seines ersten Romans *Michael*[3] beschäftigt, die, vom damaligen Hinstorff Verlag gefördert, mehr Zeit in Anspruch nahm, als anfänglich abzusehen war. Aber nicht nur deshalb hatte Batt ihm damals von der Kleist-Geschichte abgeraten: „Ach, lassen Sie mal die Hände davon", soll er gesagt haben, „soweit sind Sie noch nicht."[4] Schlesinger habe seinen Einfall daraufhin beschämt „in die hinterste Schublade [s]eines Gedächtnisses verbannt"[5], wo der freilich weiter arbeitete, und nach ein paar Jahren – übrigens diesmal auf Anregung von Batt – wieder auf den Schreibtisch kam.

Die erneute – und nun intensive – Auseinandersetzung mit Kleist begann Mitte der 1970er-Jahre und war diesmal mit der aktuellen (kultur)politischen Situation in der DDR verbunden, in der sich der Demokratisierungsschub der frühen 1970er-Jahre gerade wieder in sein Gegenteil verkehrte. Spätestens mit der Ausweisung Wolf Biermanns aus der DDR im November 1976 wuchs das Gefühl (nicht nur) unter den Kulturschaffenden, einer absolutistischen Staats- und Ordnungsmacht ausgesetzt zu sein. In dieser Situation wandte man sich einer Vorgänger-Generation zu, bei der man ein verwandtes Lebensgefühl entdeckte. Sie war durch eine vergleichbare Kurve von Hoffnung und Ernüchterung gegangen, denn ihre hohen Erwartungen an den Einfluss der Französischen Revolution auf die Liberalisierung der deutschen Kleinstaaten hatten sich kaum erfüllt und wurden von ebenso großen Enttäuschungen eingeholt. Und so waren es nicht nur ihre Texte, sondern auch ihre Biografien, oder genauer der Nexus zwischen beiden, der für eine ganze Reihe von Autoren in der DDR interessant wurde. Gerhard Wolfs *Der arme Hölderlin* (1972) und *Obduktion* (1976), Günter de Bruyns *Das Leben des Jean Paul Friedrich Richter* (1975), Günter Kunerts *Ein anderer K.* (1976) und Christa Wolfs *Kein Ort. Nirgends* (1979) sollen hier stellvertretend für eine weit längere Liste literarischer Werke stehen, die dieser Auseinandersetzung geschuldet sind. Worte von Anna Seghers aufgreifend, nannte Christa Wolf die darin figurierenden Dichter diejenigen, die damals „‚ihre Stirnen an der gesellschaftlichen Mauer der Wirklichkeit wund rieben'".[6] Manche, wie beispielsweise Karoline von Günderrode, sind im Zuge dieser Auseinandersetzung überhaupt erst aus der Vergessenheit gerissen worden, andere wurden neuen Lesarten und Bewertungen unterzogen: auch Heinrich von Kleist, der in der obigen Titelliste gleich dreimal eine Rolle spielt.[7] Die Reibung, von der hier die Rede war, hatte neben einer politischen freilich auch eine ästhetische Komponente: In der DDR ging es um die Problematisierung des literarischen Kanons (an dessen Spitze – wie schon um 1811 – Goethe stand) und davon abgeleiteter ästhetischer Muster und Vorschriften. Bereits Kleist hatte, mit Schlesingers Worten, kein geringeres Ziel verfolgt, „als jenem Weimarer Klassiker, dem Geheimen Rat Goethe, mit einem Schlag ‚den Lorbeerkranz vom Haupte' zu reißen."[8] Schlesingers Kleist-Projekt gehört mithin in genau diesen Kontext.

Auch im literarischen Zugang zu Kleist finden sich manche Gemeinsamkeiten: Wo Christa Wolf ihn in ein Gespräch mit Karoline von Günderrode verwickelt und Günter Kunert den Spitzel Amadeus Grollhammer auf ihn ansetzt, da hält Schlesinger sich an den preußischen Hoffiskal und Landrichter Johann Christian Felgentreu, der mit der juristischen Aufklärung von Kleists Todesumständen betraut war. Schlesingers Ansatz löst sich dann und dort von denen von Wolf und Kunert, wo Felgentreu selbst zur Zentralfigur wird. Das schlägt sich auch in den wechselnden Arbeitstiteln zum Projekt nieder: von „Kleist" über „Der Verdacht" und „Ein Selbstmord?" zu „Felgentreu" und „Der letzte Herbst des Johann Christian Felgentreu".[9]

In der hier abgedruckten Novelle taucht der Richter zum Ende des ersten Drittels auf und dominiert fortan das Geschehen. Heinrich von Kleist ist nunmehr nur noch vermittelt, nämlich durch die Ermittlungen Felgentreus präsent. Diese Perspektivenverschiebung hat unter anderem zur Folge, dass Kleists Tat nicht einfach als die eines gescheiterten, wenn nicht gar geisteskranken Möchtegern-Künstlers abgetan werden kann. Während nämlich der historische Felgentreu die Sache unbefragt und rasch zum Abschluss gebracht hatte, zeichnet sich Schlesingers Figur durch eine gewisse Renitenz aus und begnügt sich nicht damit, das Naheliegende unbefragt für die Wahrheit zu nehmen, denn „zwei Dinge haßt er auf dieser Welt: die blauweißrote Fahne und Untersuchungen, die auf einer vorgefaßten Meinung beruhen".[10] Und auch wenn er am Ende seiner Untersuchungen seinen Mordverdacht nicht haltbar und den Selbstmord bestätigt findet, so eröffnet er sich – und uns – in deren Verlauf doch tiefe Einblicke in die Verwerfungen der Gesellschaft, in der er lebt, und die Korruptheit des Staates, dem er dient. Somit hat der Fall auch für Felgentreu eine weitaus größere Relevanz, als anfangs zu erwarten war: Er führt ihn an die „Grenze seiner Existenz".[11] Die Überblendung beider Figuren im letzten Erzählabschnitt macht die Tiefe von Felgentreus Erkenntnisprozess sichtbar und legitimiert zugleich Kleists Tat: „Ich habe die Umstände vergessen, sagt Felgentreu" – sie sind es, die die Waffe führen.

Für die dramatischen Entwürfe zum Projekt hat Schlesinger übrigens eine Eröffnungsszene[12] komponiert, in der wenige Monate vor dem Selbstmord Kleist und Felgentreu einander zufällig auf der Eingangstreppe des Berliner Schauspielhauses begegnen, oder genauer, der eine den anderen beinah umrennt. Die Plötzlichkeit und Heftigkeit dieses Zusammenstoßes geben gewissermaßen einen Vorgeschmack auf Kommendes – für beide.

Auch über die Figur Felgentreu hinaus entwickelte Schlesinger seine Geschichte aus der Kenntnis historischer Dokumente und Abhandlungen.[13] Er übernahm Namen und Details (wie den Gardeoffizier mit der Narbe), oder Konstellationen wie die überzählige Pistole oder die fröhliche Stimmung Kleists und Henriettes vor ihrem Tod. Anderswo, wie etwa im Falle des Assistenten Korff, nahm er sich hingegen alle künstlerische Freiheit. Das Resultat war eine Geschichte, die die historische Zeitebene von 1811 sowohl genauestens rekonstruiert als auch zur Gegenwart des Erzählers hin transparent macht.

Es ist bereits angeklungen, dass Schlesinger für sein Projekt mit verschiedenen Genres experimentierte. Aber nicht nur die Vielfalt an Texten, sondern auch die Dauer der Auseinandersetzung ist bemerkenswert: Schlesingers Arbeit an Kleist hat fast ebenso lange gedauert wie dessen Leben selbst und ist nie zu einem wirklichen Abschluss gekommen. Stöbert man in Schlesingers literarischem Nachlass, fällt auf, dass die Kleist-Felgentreu-Arbeiten die größten und gewichtigsten unter den unveröffentlicht gebliebenen Manuskripten sind. Es finden sich Notizbücher aus knapp drei Jahrzehnten, die Aufzeichnungen zum Projekt enthalten, dazu zahlreiche Ausarbeitungen aus Bibliotheks- und Archivstudien, angefertigt wiederum von der Mitte der 1970er-Jahre bis ins Jahr 2000, sowie diverse, ab 1975 entstandene Ideenskizzen, Exposés und Prosatexte im Umfang von jeweils zwei bis 75 Seiten. Des Weiteren existiert ein knapp 100-seitiges Filmszenarium, an dem Schlesinger in den Jahren 1975/76 arbeitete und das zwar 1977 vom DEFA-Studio für Spielfilme angenommen wurde, aber nach diversen Verzögerungen und mit Schlesingers Ausreise nach Westberlin Anfang 1980 vom Produktionsplan verschwand. Mitte der 1980er-Jahre entstand das Manuskript zu einem Hörspiel mit dem Titel *Felgentreu*. Letzteres wurde, leicht verändert, in der Regie von Robert Matejka produziert und im November 1986 aus Anlass der 750-Jahrfeier Berlins vom damaligen Sender Freies Berlin ausgestrahlt. Das Einzige, was darüber hinaus aus den insgesamt um die 400 Seiten umfassenden Entwürfen und Manuskripten zu Lebzeiten publiziert wurde, ist ein vierseitiges Filmexposé in der Literaturzeitschrift *Litfass* vom Oktober 1977.[14] Aber noch lange nach diesen beiden Teilpublikationen hat Schlesinger Arbeitsnotizen gemacht und neue Textversionen gefertigt, die belegen, dass er mit dem Projekt längst nicht fertig war. Warum also hat er die Arbeit daran nie abgeschlossen oder eben ad acta gelegt; warum hat ihn der Stoff über mehrere Jahrzehnte immer wieder beschäftigt?

Eine Antwort liegt gewiss darin, dass dies der einzige literarische Stoff war, der nicht zumindest grob in Schlesingers eigenem Jahrhundert situiert und mit seinen eigenen lebensweltlichen Erfahrungen angereichert war. Das hatte unter anderem zur Folge, dass er dafür eine ganz neue Sprache entwickeln musste, die sich von seinem sonst so unverwechselbaren, gleichsam aus dem Leben der kleinen Leute Berlins aufsteigenden Ton unterschied. Auch die Frage der literarischen Gattung scheint sich für ihn nie ganz entschieden zu haben. Doch in beiden Fällen hat er durchaus publikable Lösungen gefunden.

Kleist war ihm indes mehr als literarisches Material und ästhetische Herausforderung. Er war künstlerische wie persönliche Projektionsfigur, und zwar über einen bestimmten Zeitabschnitt seines Schriftstellerdaseins hinaus. Einerseits fand Schlesinger später selbst an dem in den 1970er-Jahren Geschriebenen alles „zu sehr auf die DDR-Situation bezogen“[15], und gewiss wird jeder geübte DDR-Leser diese Ebene im Text sofort erkennen (nicht nur wegen der Anspielungen auf gewisse geheimdienstliche Praktiken). Andererseits hat ihn auch sein Erleben im Westberlin der 1980er-Jahre und im wiedervereinigten Deutschland nach 1990 wiederholt auf Kleist und sein eigenes Projekt gestoßen: „Wo ist der Platz, den man jetzt in der Welt einzunehmen sich bestreben könnte, im Augenblicke, wo alles seinen Platz in verwirrter Bewegung wechselt?“, zitiert er Kleist in seinem Tagebuch.[16] Und die Frage stellt sich ihm immer wieder. Denn Schlesinger war einer, der den Strukturen und Mechanismen jeder ihn umgebenden Gesellschaft misstraute und der, wie Kleist, für sein Leben und Schreiben den Rahmen der Konvention ebenso brauchte wie zersprengen musste. Somit verwundert es auch nicht, dass er bis ans Ende seines eigenen Lebens zu Kleist und seinen Arbeiten daran zurückkehrte und dabei immer deutliche Bezugspunkte zu seiner zeitgenössischen Situation fand.

Der hier abgedruckte Text bezeugt das. Er ist Teil einer Mappe mit drei Versionen, zwei davon betitelt „Klaus Schlesinger / ‚Kleist' Exposé / Juni 1976", einer ohne Titelblatt und mit der Unterschrift „1975/76".[17] Aber die Jahresangabe auf jener dritten Version verweist lediglich auf den Beginn der Arbeit. Denn sie existiert nicht nur, wie die beiden anderen, als maschinenschriftliche Kopie, sondern auch in elektronischer Form, da Schlesinger wenige Monate vor seinem Tod wieder daran geschrieben hat: diesmal am Computer. Und auch wenn die Änderungen gegenüber den vorangegangenen Versionen minimal sind, zeigen sie, dass er erneut begonnen hatte, die Geschichte aus seiner Gegenwart heraus zu bearbeiten. Wir haben uns hier für den Abdruck eben dieser Version entschieden, da sie die letzten Arbeitsspuren am Projekt aufweist. Weil die endgültige Feinüberarbeitung aber eben nicht stattgefunden hat, haben wir den Text hier mit seinen (kleinen) Ecken und Kanten wiedergegeben und lediglich eindeutige Tippfehler und Inkonsistenzen aus dem Typoskript korrigiert.

Anmerkungen

1 Klaus Schlesinger: Projektaufriss zum Kleist-Felgentreu Projekt vom Oktober 1975. Abgedruckt in: Daniel Argelès/Astrid Köhler/Jan Kostka (Hg.): Leben in Berlin – Leben in vielen Welten. Klaus Schlesinger und seine Stadt, Berlin 2012, S. 167–173, hier: S. 170.

2 Klaus Schlesinger: „Deshalb ist Literatur immer eine Form der Freiheit", in: Ders.: Die Seele der Männer. Die Erzählungen, Berlin 2003, S. 331–366, hier: S. 340.

3 Klaus Schlesinger: Michael, Rostock 1971.

4 Klaus Schlesinger: „Deshalb ist Literatur …, S. 340.

5 Ebd.

6 Aus dem Klappentext zu Christa Wolf: Kein Ort. Nirgends, Berlin 1979. Der Text nimmt Bezug auf Anna Seghers' Rede auf dem Pariser Schriftstellerkongress 1935 zur Rettung der Kultur.
7 Gerhard Wolfs *Obduktion*, Christa Wolfs *Kein Ort. Nirgends* und Günter Kunerts *Ein anderer K.*
8 Klaus Schlesinger: Projektaufriss vom Oktober 1975, S. 167.
9 Siehe dazu Jan Kostka: Das journalistische und literarische Werk von Klaus Schlesinger 1960 bis 1980. Kontext, Entstehung und Rezeption, Berlin 2015, S. 433–457.
10 Klaus Schlesinger: Ein Selbstmord? – H. v. Kleist. Entwurf von 1976, Akademie der Künste, Klaus Schlesinger Archiv, 34.
11 Ebd.
12 Klaus Schlesinger: Felgentreu, Filmszenarium, Akademie der Künste, Klaus Schlesinger Archiv, 36, S. 1.
13 Schlesinger legte eine umfangreiche Materialsammlung für das Projekt an. Seine wichtigsten Quellen dafür waren: Reinhold Steigs *Heinrich von Kleists Berliner Kämpfe* (1901), Georg Minde-Pouets *Kleists letzte Stunden* (1925) und Helmut Sembdners *Heinrich von Kleists Lebensspuren. Dokumente und Berichte der Zeitgenossen* (1957).
14 Vgl. Klaus Schlesinger: Aus dem Exposé zu einem Film über H. v. Kleist, in: *Litfass. Berliner Zeitschrift für Literatur*, 8/1977, S. 18–22.
15 Tagebucheintrag vom 21. April 2000, zitiert nach Kostka: Das journalistische und literarische Werk von Klaus Schlesinger, S. 456.
16 Tagebuch vom 19. Februar bis 28. März 1982, zitiert nach Argelès/Köhler/Kostka (Hg.): Leben in Berlin – Leben in vielen Welten, S. 105.
17 Akademie der Künste, Klaus Schlesinger Archiv, 35.

Anette Handke

Tod und Aufklärung – Fakten und Fiktionalisierung des Selbstmordes von Henriette Vogel und Heinrich von Kleist

Rätsel. Kämpfe. Brüche. ist der Titel der ständigen Ausstellung im Kleist-Museum, und die Rätsel, Kämpfe und Brüche in Heinrich von Kleists Leben und Werk regen, neben intensiver Forschung, Schriftstellerinnen und Schriftsteller seit über 150 Jahren zu biografischer und literarischer Auseinandersetzung an.

Rätsel gibt das Leben des Dichters schon deshalb auf, weil nur wenige Dokumente und Selbstzeugnisse überliefert sind. Es gibt keine autobiografischen oder poetologischen Texte von Kleist und auch die briefliche Hinterlassenschaft umfasst nur etwas mehr als 230 Briefe im Wortlaut, wovon wiederum nur ca. 170 heute noch physisch vorhanden sind. Die Gründe für die mangelnde Überlieferung sind vielfältig: So hat Heinrich von Kleist nie eine Familie gegründet, seine Existenz war eher auf den Wechsel aufgebaut, seine letzte Wohnung ein einfaches Zimmer bei „dem Quartiermeister Müller, Mauerstraße N 53“ (H. v. K. an Ernst Friedrich Peguilhen, 21. November 1811) in Berlin, einen eigenen Hausstand hatte er nicht. Zum Zeitpunkt seines Todes war der Dichter außerhalb seines Netzwerkes nur mäßig bekannt, das Aufbewahren von Korrespondenzen, Manuskripten und Ähnlichem wurde daher offensichtlich kaum für wichtig erachtet. Neben wenigen Briefen an Verleger, einiger Korrespondenz mit Staatskanzler Karl August von Hardenberg und seinem Umfeld und verstreuten weiteren Geschäftsbriefen gibt es einige Schreiben an Freunde und Mitstreiter. Die wenigen umfangreicheren privaten

Konvolute, z. B. an seine kurzzeitige Verlobte Wilhelmine von Zenge und seine Schwester Ulrike von Kleist, wurden von den Empfängerinnen zwar aufbewahrt, aber – insbesondere im Falle Wilhelmine von Zenges – sehr wahrscheinlich einer privaten Zensur unterworfen, bevor sie in der Familie weitergegeben wurden. Briefe an den Bruder Leopold fehlen ganz.

Diesem Mangel an Informationen über Kleists Leben steht die genaue Kenntnis über die Umstände seines Todes gegenüber: Der erweiterte Suizid Heinrich von Kleists und der am 9. Mai 1780 geborenen Henriette Vogel – korrekt Adolphine Sophie Henriette, geborene Kaeber, der eigentliche Rufname war Adolphine, so oder nur mit A. unterschrieb sie auch ihre Abschiedsbriefe an den Gatten, eine Vertraute und den Freund der Familie, Ernst Friedrich Peguilhen – wurde selbstverständlich Gegenstand einer gerichtlichen Untersuchung. Eine Abschrift der Untersuchungsakten publizierte Georg Minde-Pouet, der damalige Präsident der Kleist-Gesellschaft, unter dem Titel *Kleists letzte Stunden* 1925 im Band 5 der *Schriften der Kleist-Gesellschaft*; ein glücklicher Umstand, denn die Aktenabschrift selbst, die sich im Nachlass der Kleist-Vertrauten Marie von Kleist fand, der wiederum Teil des Familienarchivs der Grafen Stosch auf Altkessel in Schlesien war, ist seit dem Ende des Zweiten Weltkrieges verschollen. So wissen wir also über „Kleists letzte Stunden" geradezu minutiös Bescheid, und dieses Wissen hat allein seit der Jahrtausendwende in mindestens drei literarischen Bearbeitungen des dramatischen Geschehens vom 21. November 1811 Niederschlag gefunden.

2001 erschien Henning Boëtius' Novelle *Tod am Wannsee* und 2011 der poetische Roman *Wir sehn uns wieder in der Ewigkeit* von Tanja Langer. In beiden Texten steht die letzte Nacht Kleists und Henriette Vogels im Mittelpunkt. Im Gegensatz dazu erzählt die 2016 publizierte metaphorische Erzählung *Tuba mirum* von Hanns von Mühlenfels die Geschichte aus der Sicht des zuständigen Untersuchungsrichters, des Hoffiskals Felgentreu – eine überraschende Parallele zu der hier erstmals veröffentlichten Novelle von Klaus Schlesinger. Möglicherweise ist die Erzählung von Schlesingers Hörspiel *Felgentreu* inspiriert, das am 22. November 1986 vom Sender Freies Berlin zum ersten Mal ausgestrahlt wurde.

Zu diesem Zeitpunkt währte die Auseinandersetzung Schlesingers mit Kleists Werk und Leben schon fast 20 Jahre, und bis zu seinem Tod ließ ihn das Thema nicht los, wie Astrid Köhler in ihrem Nachwort bezeugt, in dem sie auch von der umfangreichen Materialsammlung berichtet, die Klaus Schlesinger für sein „Kleist-Projekt" anlegte. Im Zentrum dieser Sammlung standen die Publikationen von Reinhold Steig (1901), Georg Minde-Pouet (1925) und Helmut Sembdner (1957). Sembdners nach wie vor grundlegende Dokumentensammlung *Heinrich von Kleists Lebensspuren* erschien bis 1996 in sieben Auflagen und wurde im Zeitraum von fast 40 Jahren um zahlreiche neu aufgetauchte Dokumente erweitert, die Schlesinger wahrscheinlich auch gekannt hat.

Den neuesten und umfangreichsten Stand der Kleist-Dokumente geben die von Roland Reuß und Peter Staengle im Zusammenhang mit der *Brandenburger Kleist-Ausgabe* herausgegebenen *Brandenburger Kleist-Blätter*, hier die Bände 13 (2000) und 14 (2001), die im 15. Band (2003) ein ausgezeichnetes Register liefern, das die Suche nach Personen, Werken, Zeitschriften und Periodika sowie geografischen Verweisen ermöglicht. Neben dem Aktenmaterial sind hier auch die ersten biografischen Beschreibungen des Geschehens und zahlreiche verstreut publizierte Briefe, Zeitungsartikel, Erinnerungen, geplante und realisierte Kommentare abgedruckt. Biografien werden als Quelle für Schlesingers Kleist-Studien nicht genannt, interessant wäre zu wissen, ob der Schriftsteller auch diese interpretierenden, literarisierten Texte bei seiner künstlerischen Auseinandersetzung mit Kleist zu Rate zog.

Klaus Schlesinger kannte nicht nur die Akten über Kleists letzte Stunden, sondern auch die Kleist-Briefe, und er ließ Zitate aus diesen als indirekte Rede (im Folgenden unterstrichen) in die Novelle einfließen: „den Glauben an die Tugend bei Andern stärken, [...] immer [...] dem Nächsten, der es bedarf, helfen mit Wohlwollen u. Güte [...]" (H. v. K. an Wilhelmine von Zenge, 13. November 1800). „Liebe Wilhelmine, laß mich reisen." (H. v. K. an Wilhelmine von Zenge, 22. März 1801) Aus dieser genauen Kenntnis entwickelte der Schriftsteller „die Geschichte eines Kriminalfalles, in dessen Verlauf ein Mann namens Felgentreu über einen Mann namens Kleist an die Grenzen seiner Existenz stößt".

Was nun sagen die Akten über den Verlauf der Ereignisse? Wer war der Mann „namens Felgentreu"?

Im *Handbuch über den Preußischen Hof und Staat für das Jahr 1804* erscheint ein Hoffiscal Felgentreu zweimal: erstens unter der Rubrik „Fiscalat" und zweitens im „Justizdepartement" bei den „Justiz-Comissarien und Notarien im Departement des Kammergerichtes" in Berlin unter B: „Bei dem Stadtgericht und allen übrigen Collegiis", hier mit der Einschränkung „ohne Notariat". Ein Vorname wird nicht angegeben. In der Studie *Berliner Bürgertum im 18. und 19. Jahrhundert* von Nadja Stulz-Herrnstadt taucht die Familie des Königlichen Hoffiscals und Justizkommissars Johann Christian Felgentreu auf. Der 1770 oder 1772 geborene preußische Beamte war mit Emilie Koblanck, einer Tochter des „Predigers an der Louisenkirche Berlin" Johann Heinrich Sigismund Koblanck verheiratet und hatte neun Kinder. Im hohen Alter von 87 (oder 85) Jahren starb Felgentreu am 18. April 1857 in Wusterhausen. Laut *Grammatisch-Kritischem Wörterbuch der Hochdeutschen Mundart* (2. Auflage, 1793–1801) von Johann Christoph Adelung ist ein Fiscal „eine öffentliche Person, welche über die Gerechtsamen des Fisci, d. i. der landesfürstlichen Einkünfte, und an einigen Orten auch über die Aufrechthaltung der Gesetze wacht, und die Verletzung beyder im Nahmen des Landesfürsten zur Klage bringt". Als solcher und Richter zu Heinersdorf war Johann Christian Felgentreu mit der Untersuchung des Kleist-Vogel-Doppelsuizids betraut.

Entsprechend den 1925 von Minde-Pouet veröffentlichten „Abschriften Der von dem Hoffiskal Felgentreu in Untersuchungssachen betreffend die Auffindung der Leichname des ehemaligen Lieutenants von Kleist und der verehl. Rendant Vogel aufgenommenen Verhandlungen, de Anno 1811" und einigen in den *Brandenburger Kleist-Blättern* abgedruckten ergänzenden Informationen ergibt sich folgende Chronologie der tatsächlichen Ereignisse:

Heinrich von Kleist und Henriette Vogel kamen am 20. November 1811 „nachmittags zwischen 2 u. 3 Uhr" mit einer „Lohnkutsche" in dem von Gastwirt Johann Friedrich Stimming betriebenen „Neuen Krug" an, der westlich der Friedrich-Wilhelm-Brücke an der Berliner Chaussee zwischen Berlin und Potsdam lag und ein beliebtes Ausflugslokal sowie Treffpunkt von Berliner Literaten war. Kleist kannte diesen Ort zumindest von einem vorherigen Besuch, er hatte sich 1810 hier mit Friedrich de la Motte Fouqué getroffen, wie dieser am 1. Dezember 1811 in einem Brief an Christian August Eberhard schrieb. Die Gäste nahmen zwei Zimmer im oberen Stockwerk des Hauses, tranken Kaffee und machten sich zu einem Spaziergang über die Brücke Richtung Berlin auf. Nach ca. einer Stunde kehrten sie zurück, ließen die Kutsche nach Berlin zurückgehen und verlangten bald danach Abendbrot. Den Abend verbrachten sie auf ihren Zimmern, erbaten sich Kerzen und Schreibzeug und blieben die ganze Nacht auf. Morgens um vier Uhr bestellten sie Kaffee, ein weiteres Mal um sieben Uhr. Sie verlangten die Rechnung und orderten einen Boten, der gegen Mittag mit einem Brief an den Kriegsrat Peguilhen nach Berlin geschickt wurde. Später gingen die Gäste vor dem Haus spazieren „und unterhielten sich zwischen 2 u. 3 Uhr sehr freundschaftlich mit mir“, gab der Gastwirt Stimming in seinem Vernehmungsprotokoll am 22. November an. Nach der Auskunft, „daß der Bote zwischen 3 u. 4 Uhr gewiß in Berlin eintreffen könnte“ bestellten sie „Abendessen für zwey Herren, die noch aus Berlin eintreffen würden“. Anschließend erbaten sie sich Kaffee an das Seeufer und machten sich zu ihrem letzten Spaziergang auf. Vom „Krug“ aus konnten die Zeugen des Geschehens die beiden Gäste sehen. Nachdem sie den Kaffee erhalten hatten, forderten sie die Tagelöhnerin Riebisch auf, noch einen Tisch und zwei Stühle zu holen, die ihnen ebenfalls rasch gebracht wurden, weitere Besorgungen folgten. Der letzte Wunsch an die Magd war, dem Wirt das Geld für die Getränke zu bringen, eine Tasse auszuwaschen und zu ihnen zurückzubringen. Auf diesem letzten Botengang hatte Dorothee Louise Riebisch „eben wieder die Chaussee betreten, als [sie] einen Schuß fallen hörte“. Weiter führte sie in ihrer Vernehmung aus: „Ich glaubte, daß die Fremden vielleicht [...] Scherz treiben, und ging daher [...] meines Weges. Nachdem ich ungefähr 50 Schritt gegangen war, hörte ich einen zweiten Schuß [...] Auch jetzt ahnte die Frau nichts, wollte, wie beauftragt, die Tasse zurückbringen und erblickte „die Dame [...] leichen blaß auf dem Rücken liegend“. Erschrocken lief sie zum „Krug“ und kam mit ihrem Mann, der Wirtin, dem Dienstmädchen und der Tochter des Ehepaars Stimming an den Tatort zurück. Heinrich von Kleist und Henriette Vogel hatten dafür Sorge getragen, dass ihre toten Körper gleich entdeckt wurden. Wenig später kam auch der Wirt und stellte „zwey Wächter bei den Leichen, und befahl [...] diesen dafür zu sorgen, daß sie nicht angerührt oder beraubt würden". Drei Pistolen wurden gefunden, zwei kleine Terzerole und ein „großes Pistol mit der Kolbe etwa 1 ¼ Fuß lang". Letzteres tauchte in den folgenden Tagen zunächst nicht wieder auf. Und zufällig erschien bei Auffindung der Toten ein „Garde du Corps" am Ort, der das eine Terzerol als noch geladen erkannte.

„Um 7 Uhr abends trafen der Rendant Vogel und der Krieges Rath Peguilhen hier ein", gab Gastwirt Stimming zu Protokoll. Die Gäste, die durch den ungeheuerlichen Brief, den Henriette Vogel und Heinrich von Kleist am Vortrag geschrieben hatten, zum „Neuen Krug" gerufen worden waren, identifizierten die beiden Toten, deren Namen den Wirtsleuten bisher nicht bekannt waren, nur nach der Beschreibung. Nachdem ihnen der Wirt die Hinterlassenschaft, „bestehend aus einem Kästchen und einem Felleisen sowie aus 2 Pistolen", ausgehändigt hatte, übernachteten sie im „Krug", und während sich Peguilhen am nächsten Morgen an den Tatort begab, fuhr der Witwer Friedrich Ludwig (Louis) Vogel mit einer Locke seiner Frau zurück nach Berlin.

Bereits am Abend des 21. November erstattete Stimming Anzeige beim „Königl. Preuß. Policey Rath Meyer" in Potsdam, der wiederum am frühen Morgen des 22. November den „Königl. Hof Fiscal [...] Herrn Felgentreu" von den Geschehnissen unterrichtete. Felgentreu bestellte „heute noch" den „Königl. Kreis Physicus Herrn Doctor Sternemann" zur Obduktion ein, beide begaben sich „Mittags um halb zwey mit [...] dem Chirurgo forensi Herrn Greif und dem Stadtgerichts Referendarius Herrn Mevius nach der angezeigten Stelle, wo die beiden entleibten Körper seit gestern Nachmittag unter nöthiger Bewachung lagen". Um 17 Uhr erfolgte die Obduktion der Toten. Bei der Öffnung von Kleists Schädel brach die Knochensäge, in seinem Gehirn fand sich „nichts widernatürliches". Gleich nach der Obduktion wurden die Toten in Särgen, die Peguilhen und Vogel aus Berlin geschickt hatten, „zur Erde bestattet". Am selben Abend fand die Vernehmung der Zeugen statt, des Kriegsrates Ernst Friedrich Peguilhen, 41 Jahre alt, des 45-jährigen Gastwirtes Johann Friederich Stimming und seiner 23-jährigen Ehefrau Friederike sowie der etwa 50-jährigen Dorothee Louise Riebisch. Anschließend beurkundeten der Hoffiskal Felgentreu und sein Schreiber Mevius: „Da bereits Mitternacht verflossen, und die übrigen Personen zu ihrer Vernehmung nicht sistirt werden könnten, so ist die Verhandlung hiermit geschlossen".

Am 2. Dezember wurde die Untersuchung in Stimmings „Krug" fortgeführt und „nachdem die Hausgenossin des p. Stimming nochmals im Allg. aufgefordert worden, dasjenige, was ihnen von dem Vorfall bekannt, gewissenhaft anzuzeigen, so überreichte die verehl. Stimming ein großes Pistol [...] nach der Aufschrift mit Lazarius Comminazzo bezeichnet". Anschließend wurden der Tagelöhner Johann Friedrich Riebisch, 42 Jahre alt, und das 19-jährige Hausmädchen M. L. Feilenhauer vernommen, die ihre Aussagen ebenso wie die bereits am 22. November befragten Zeugen offiziell beeideten. Am 2. Dezember 1811 erfolgte eine kirchliche Zeremonie am – unbezeichneten – gemeinsamen Grab von Heinrich von Kleist und Henriette Vogel. Am Tag darauf forderte Johann Christian Felgentreu den Arzt Sternemann auf, das „erforderliche Visum repertum [...] binnen 3 Tagen cum actis gefälligst zu übersenden". Das Visum repertum, ein ausführliches, nachträglich ausgefertigtes Obduktionsprotokoll, war gesetzlich vorgeschrieben. Als Ergebnis der Obduktion Heinrich von Kleists aber war nun zu lesen: „daß Denatus dem Temperamente nach ein Sanguino cholericus in Summo gradu gewesen, und gewiß harte hypochondrische Anfälle oft habe dulden müssen [...] Wenn sich nun zu diesem excentrischen Gemüthszustand eine gemeinschaftliche Religionsschwärmerey gesellte, so läßt sich hieraus auf einen kranken Gemüthszustands des Denati von Kleist mit Recht schließen."

Am Ende seines kurzen Lebens wurde Heinrich von Kleist 1811 somit ‚krank geschrieben', ein Verdikt, das lange nachwirkte. Johann Christian Felgentreu konnte – anders als der Felgentreu in Klaus Schlesingers Text – bei seinem Tod im Jahr 1857 auf ein langes, vermutlich erfülltes Leben mit einer zahlreichen Nachkommenschaft zurückblicken.

Dank

Das Kleist-Museum als Herausgeber dankt herzlich Daisy Schlesinger für ihre Initiative und die Erlaubnis zum Abdruck des Textes aus dem Nachlass, dem vbb/Quintus-Verlag für die Begleitung des Projektes und den immerwährenden Enthusiasmus für gute neue Bücher sowie der DEFA-Stiftung für Recherchen und Hintergrundgespräche.

Verlag und Museum danken darüber hinaus Astrid Köhler für ihr Nachwort und Moritz Götze für seine eigens für den Band angefertigten Grafiken und die großzügig gewährte Abdruckgenehmigung.

Das Projekt wird gefördert durch den Arbeitskreis selbständiger Kultur-Institute e. V. – AsKI aus Mitteln der Beauftragten der Bundesregierung für Kultur und Medien.

Klaus Schlesinger am Grab Heinrich von Kleists und Henriette Vogels, Ende der 1970er-Jahre (Akademie der Künste, Klaus Schlesinger Archiv, 1108)